EIN PERRY RHODAN-TASCHENBUCH

Kurt Mahr

Ich, der Cantaro

VERLAGSUNION ERICH PABEL-ARTHUR MOEWIG KG,
7550 RASTATT

PERRY RHODAN-Taschenbuch
erscheint monatlich in der Verlagsunion Erich Pabel-
Arthur Moewig KG, 7550 Rastatt

– Originalausgabe –
Titelbild: Alfred Kelsner
Redaktion: Dr. Florian F. Marzin
Vertrieb: Verlagsunion Erich Pabel-Arthur Moewig KG, 7550 Rastatt
Druck und Bindung: Elsnerdruck, Berlin

Alleinvertrieb und Auslieferung in Österreich:
Pressegroßvertrieb Salzburg Gesellschaft m.b.H.,
Niederalm 300, A-5081 Anif
Einzelheft-Nachbestellungen richten Sie bitte an:
TRANSGALAXIS-Buchversand, Postfach 1127,
6382 Friedrichsdorf/Taunus
Lieferung erfolgt gegen Vorkasse (zuzügl. DM 3,– Versandkosten),
per Nachnahme (zuzügl. DM 6,– Versandkosten) oder gegen Rechnung
(zuzügl. DM 3,– Versandkosten).
Abonnement-Bestellungen sind zu richten an:
Verlagsunion Erich Pabel-Arthur Moewig KG, 7550 Rastatt
Lieferung erfolgt zum Verkaufspreis plus ortsüblicher Zustellgebühr
Printed in Germany 1990
ISBN 3-8118-5175-6

PROLOG

Am 14. November des Jahres 1151 Neuer Galaktischer Zeitrechnung stieß eine terranische Patrouille im Raumsektor Skuur auf ein antriebslos dahingleitendes Fahrzeug cantarischer Bauart. Man sprach das Schiff an, erhielt jedoch keine Antwort. Daraufhin begab sich ein Enterkommando an Bord des Fahrzeugs. Die Besatzung war verschwunden. Es gab keine Spuren von Gewaltanwendung. Man stellte fest, daß eines der unterlichtschnellen Beiboote fehlte. Man kam zu dem Schluß, daß sich die Besatzung des Raumschiffs mit Hilfe des Bootes abgesetzt habe. Der Grund für solches Verhalten blieb allerdings unklar; denn alle Aggregate des Schiffes waren in einwandfreiem Zustand. Man hätte das Schiff, dessen Name nach geläufiger Transkription CHAKTOP-U-MUKHIN („Geist der Forschung") lautete, jederzeit wieder in Bewegung setzen können.

Das Enterkommando untersuchte daraufhin den Bordcomputer, einen Syntron älterer Bauart, und ermittelte, daß die letzte Benützung des Rechners vor rund 640 Jahren stattgefunden hatte. Aus den im Datenspeicher des Computers abgelegten Informationen ging hervor, daß die Besatzung der CHAKTOP-U-MUKHIN aus einem einzigen Cantaro bestanden habe. Dies empfand man als erstaunlich.

Der Datenspeicher enthielt außerdem eine Art Tagebuch, das der Cantaro, dessen Name Ghebrokhte lautete, offenbar über viele Jahre hinweg geführt hatte. Die Aufzeichnungen wurden ins Terranische übersetzt und ergaben eine äußerst verblüffende Geschichte. Vom

Kommandanten der Patrouille wird behauptet, er habe nach der Lektüre des Tagebuchs ausgerufen: „Wenn wir das vor acht Jahren gewußt hätten, wäre alles ganz anders gekommen!"

Ghebrokhte hat in der Tat eine ungewöhnliche Geschichte erzählt. Sie wurde von einem terranischen Autor in Romanform umgesetzt und berichtet über den Beginn der Tyrannenherrschaft der *Herren der Straßen.*

1.

Ich sah, wie sich Phamaqs Gesicht verfärbte. Er hatte etwas sagen wollen. Der Mund blieb ihm offen stehen, die Augen weiteten sich vor Entsetzen. Im selben Augenblick überkam mich das Gefühl der Panik. Es war völlig irrational. Nichts war geschehen. Wir saßen in einem kleinen Raum, der neben der üblichen Ausstattung mehrere Computer- und Kommunikationsanschlüsse enthielt, und hatten eine Zeitlang spezifische Probleme der Xenomedik diskutiert. Der Raum besaß ein einziges Fenster, durch das der Blick hinaus auf die zahlreichen, zumeist flachen Gebäude des neuen Forschungskomplexes von Chaddiss ging. Mir saß die Angst in der Kehle. Ich sah hinaus. Nichts hatte sich geändert. Die Sonne Uphtra schien mit gewohnter Intensität. Zwischen den Gebäuden arbeiteten Roboter an der Fertigstellung einer mit dem neuen Funkleitsystem ausgestatteten Straße.

Dann fiel mir etwas auf. Als ich das letzte Mal hinausgeblickt hatte, waren hier und da ein paar Fahrzeuge unterwegs gewesen, leichte Gleiter, die für den Nahverkehr gedacht waren. Jetzt bewegte sich außer den Robotern nichts mehr. Die Gleiter standen reglos, einer davon schwankend auf dem Hang eines Erdhügels, den die Roboter während der Bauarbeiten aufgeschüttet hatten. Man sah dem Fahrzeug an, daß es in aller Hast zu Boden gesetzt worden war.

Phamaq und ich waren nicht die einzigen, die von Panik geschüttelt wurden! Die Angst hatte alle ergriffen. Ich war unfähig, mich zu bewegen. Phamaq dagegen stemmte sich mühselig in die Höhe.

„Ich kenne die Symptome", stieß er hervor. „Blitzer!"

Die Panik steigerte sich. Ich hatte von den Blitzern gehört. Sie waren abartige, dem Wahnsinn verfallene Mitglieder des Volkes der Archäonten, die ihre überlegene Technik dazu mißbrauchten, Welten zu zerstören und Zivilisationen auszulöschen. Phamaq war in Amagorta gewesen. Von dorther wußte er, was es mit den Blitzern auf sich hatte. Er hatte mir von ihnen berichtet.

Während Phamaq sich schwerfällig bis zum nächsten Kommunikationsanschluß schleppte, nahm meine Angst solche Ausmaße an, daß der Mikromed sich veranlaßt fühlte zu reagieren. Der Mikromed ist ein winziges syntronisches Modul, das ich unter der Haut auf der rechten Seite des Halses trage. Er überwacht meinen physischen und psychischen Gesundheitszustand und greift korrigierend ein – soweit es seine Mittel erlauben –, wenn ein gesundheitsbedrohender Zustand entsteht. Wir Cantaro tragen viele solcher Module im Körper, die recht unterschiedliche Funktionen versehen. Manche unterstützen die logische Tätigkeit des Gehirns, andere aktivieren die Muskeltätigkeit, wenn wir in eine Situation geraten, in der besondere Körperkräfte erforderlich sind. Die Auswahl der Module, die er in seinen Körper einbetten will, ist dem einzelnen überlassen. Phamaq zum Beispiel besaß keinen Mikromed. Dafür hatte er mehrere Module, die unmittelbar mit dem Bewußtsein gekoppelt waren und ihn in die Lage versetzten, wie ein Computer zu denken. Ohne Zweifel hatte er diese Module jetzt aktiviert; sonst hätte er sich dem Gefühl der Panik nicht entziehen können.

Der Mikromed erzeugte kräftige Dosen eines sedativen Enzyms, das er in die Blutbahn entließ. Die Angst begann sich zu legen. Ich konnte mich wieder bewegen. Inzwischen hatte Phamaq das Kommunikationsgerät in Betrieb genommen. Keuchend stieß er hervor:

„Alarm! Ein Angriff der Blitzer steht unmittelbar bevor. Bringt euch in Sicherheit. Gegen die Blitzer gibt es keine wirksame Abwehr."

Er wandte sich zu mir um. Ich war inzwischen aufgestanden. Sein Gesicht war grau.

„TURR-Y-KHAMM", ächzte er. „So schnell wie möglich!"

Die TURR-Y-KHAMM war das Raumschiff, mit dem wir nach Chadiss gekommen waren. Wir hatten hier das neue Forschungszentrum einrichten sollen. Jetzt würde daraus nichts mehr werden. Wo die Blitzer zuschlugen, blieb kein Stein auf dem andern. Ich hatte meine Kräfte wiedergewonnen. Das Gefühl der Panik war verflogen. Das Sedativ wirkte sich hemmend auf meine Reaktionsgeschwindigkeit aus. Ich verspürte eine gewisse Trägheit. Aber ich war immer noch um etliche Größenordnungen besser dran als Phamaq, der sich allein auf die syntronisierte Wirkungsweise seines Bewußtseins verlassen mußte. Die Computermodule brachten es nicht fertig, die Angst völlig zu unterdrücken. Das sah man ihm an.

Ich griff ihn unter dem linken Arm und zerrte ihn mit mir. Als ich die Tür öffnete, schlug mir wilder Lärm entgegen. Phamaqs Alarmruf war überall gehört worden. Die Bewohner des Gebäudes, in erster Linie Wissenschaftler, die mit uns an der Einrichtung des Forschungszentrums hatten zusammenarbeiten sollen, befanden sich in wilder Flucht. Ich rief ihnen zu:

„Die TURR-Y-KHAMM ist startbereit! Folgt uns zum Raumhafen."

Ich bekam nicht mit, ob sie mich hörten. Ich konnte mich auch um andere nicht kümmern. Phamaq machte mir genug zu schaffen. Ich schleppte ihn bis zum Einstieg des nächsten Antigravschachts und stieß ihn hinein. Langsam sank er in die Tiefe. Ich sprang hinter ihm her. Ein Servo, kugelförmig und mattleuchtend, glitt mir entgegen.

„Schneller!" schrie ich. „Bis auf die Sohle des Schachtes."

Der Servo reagierte sofort. Wie Steine stürzten wir in die Tiefe. Erst kurz vor dem unteren Ende des Schachtes setzte die künstliche Schwerkraft wieder ein und ließ uns sanft zu Boden gleiten. Phamaq war immer noch verwirrt und außer sich vor Furcht. Ich zerrte ihn mit mir. Wir waren in einem Abstellraum gelandet, in dem Dutzende von Gleitern geparkt standen. Ich entschloß mich wahllos für ein Fahrzeug mittlerer Größe. Als ich Phamaq durch das offene Luk schob, quoll eine Gruppe von Wissenschaftlern aus der Öffnung des Antigravschachts.

„Hierher!" rief ich ihnen zu.

Ein paar folgten meiner Aufforderung; aber die Mehrzahl stürmte in panischer Verwirrung davon, um nach den eigenen Fahrzeugen zu suchen. Der Cantaro kommt mit einem angeborenen Sinn für Ordnung zur Welt. Auch ich hätte versucht, in der Menge der geparkten Gleiter nach demjenigen zu suchen, mit dem Phamaq und ich gekommen waren. Er gehörte schließlich zur Bordausstattung der TURR-Y-KHAMM. Aber das Sedativ-Enzym hatte mich mit einer gehörigen Portion Gleichgültigkeit ausgestattet. Mir kam es jetzt nur noch darauf an, Phamaq und mich in Sicherheit zu bringen.

Ich schaltete das Triebwerk auf höchste Beschleunigung. Wir hatten sechs völlig verstörte Wissenschaftler an Bord genommen. Der Gleiter schoß davon wie aus einer Kanone gefeuert. Er brauchte kaum eine Sekunde, um die einhundert Meter lange Rampe zu überwinden, die nach oben ins Freie führte.

Wir waren unterwegs. Ich hatte die Standortadresse

der TURR-Y-KHAMM in den Autopiloten eingegeben und brauchte mich um das Navigieren nicht zu kümmern. Aus den Augenwinkeln sah ich, daß ganze Horden von Gleitfahrzeugen in Richtung Raumhafen unterwegs waren. Phamaqs Warnung war gehört worden.

Ich lehnte mich in meinen Sitz zurück und sandte ein kleines Stoßgebet in Richtung des Geistes der Klarheit. Er solle dafür sorgen, daß die Blitzer erst zuschlugen, nachdem die TURR-Y-KHAMM gestartet war.

Die Blitzer, so hatten wir erfahren, waren Angehörige des Volkes der Archäonten. Die Archäonten aber waren niemand anders als die Herren der Straßen, die in unserer Heimatgalaxis Neyscuur seit Tausenden von Jahren höchste Verehrung genossen. Die Legende berichtete, daß die Herren der Straßen eines Tages den Entschluß faßten, sich den Verpflichtungen des kosmischen Alltags zu entziehen, einen einsamen Ort aufzusuchen und sich dort der Verinnerlichung zu widmen. Was man sich unter einem solchen Vorhaben auch immer vorstellen mochte: Feststand, daß die Herren der Straßen, von einem Tag auf den anderen verschwunden waren. Unser Volk suchte nach ihnen. Damals gehörten wir alle noch der großen Nation der Anoree an. Die Abspaltung des Zweigvolks der Cantaro hatte noch nicht stattgefunden.

Als die Große Kosmische Katastrophe begann, da erfuhren wir, daß sie besonders in einer kleinen Ansammlung von Galaxien, die von ihren Bewohnern die Lokale Gruppe genannt wurde, verheerende Auswirkungen gehabt habe. Die Cantaro glaubten, sie könnten den in Bedrängnis Geratenen helfen. Vielleicht trieb sie auch nur die Wißbegierde. Ich war damals noch nicht geboren und muß mich auf das verlassen, was überliefert ist. Ich weiß jedoch, daß mein Volk von einem unstillbaren Wissensdrang beseelt ist, und zwar konzentriert sich dieser auf die Vorgänge in der Natur. Die Große

Katastrophe war ein einmaliges Ereignis. So etwas geschieht nur alle paar Milliarden Jahre einmal. Das gesamte Volk der Cantaro, 20 Millionen Seelen, machte sich in 20 000 Raumschiffen auf den Weg zur Lokalen Gruppe.

Unsere Raumschiffe unterschieden sich von denen, die bei unserem Stammvolk, den Anoree, im Gebrauch waren. Die Cantaro hatten nämlich in der Zwischenzeit ein Datenarchiv entdeckt, das von den Herren der Straßen zurückgelassen worden war. Das Archiv enthielt die Spezifikationen archäontischer Raumfahrzeuge. Auf die Inneneinrichtung und die Einzelheiten der technischen Ausstattung wurde in den Daten freilich nicht eingegangen. Aber die Verehrung, die die Cantaro den Archäonten entgegenbrachten, war so groß, daß sie beschlossen, ihre Schiffe hinfort in derselben Form zu bauen, wie es die Herren der Straßen getan hatten. Die Bewohner der Lokalen Gruppe nennen unsere Fahrzeuge Knick- oder Buckelschiffe, und so sehen sie in der Tat aus: Der Schiffsleib wirkt, als wäre er abgeknickt, wenn man ihn aus der einen Perspektive betrachtet; aus der anderen sieht er so aus, als hätte das Schiff einen Buckel.

In der Lokalen Gruppe herrschte das Chaos, als die Cantaro dort eintrafen. Es war vor kurzem eine riesige Galaxis, aus einem fremden Universum kommend, in der Nähe materialisiert. Ohne Zweifel hatte die Ankunft der rund 200 Milliarden Sterne zählenden kosmischen Fremdmasse die Große Katastrophe ausgelöst. Überall herrschte Krieg. Jeder kämpfte gegen jeden. Die Cantaro, die gekommen waren, um Hilfe zu bringen, wußten nicht wo und wie sie anfangen sollten.

Dann geschah das Unerwartete. Eine neue Macht ließ im Konzert der Streitenden von sich hören. Die Bewohner der Lokalen Gruppe, besonders die der Galaxis namens Milchstraße, nannten sie „die Blitzer“, und der Name wurde alsbald auch von den Cantaro übernommen. Die

Blitzer überfielen bewohnte Planeten und vernichteten sie mit einer Waffe, gegen die es keine Abwehr gab. Das Prinzip, nach dem die Waffe arbeitet, ist bis auf den heutigen Tag nur in Umrissen verstanden. Es scheint, daß zunächst ein Aufriß erzeugt wird, der zwei benachbarte Paralleluniversen miteinander verbindet, und daß durch diesen Aufriß sämtliche Wärme des angegriffenen Planeten ins Paralleluniversum abfließt. Dadurch entsteht eine Entropie-Falle. Sobald der Aufriß sich geschlossen hat, zieht der Planet alle Wärme an sich, die er aus seiner Umgebung erhalten kann. Der Wärmestrom schießt übers Ziel hinaus. Der Planet erhitzt sich, bis er die Temperatur einer Sonnenoberfläche erreicht. Alles zerfällt, alles verdampft oder zerschmilzt. Die Waffe hört dann auf zu wirken, und ein paar Monate oder ein paar Jahre später – je nachdem, wie intensiv der Blitz eingesetzt wurde – bietet die zerstörte Welt den Anblick einer nahezu perfekten Kugel, ohne Unebenheiten, mit glasierter Oberfläche.

Die Blitzer haben ihren Namen daher, daß bei der Erzeugung des Aufrisses ein helles Leuchten entsteht. Der Aufriß ist in wenigen Millisekunden fertiggestellt. Die Absaugung der Wärme nimmt nur ein paar Sekunden in Anspruch. Das Leuchten ist also in der Tat eine überaus kurzlebige Erscheinung. Sie wirkt wie ein Blitz, der durch die Dunkelheit des Alls fährt.

Es ist von Bewohnern der Milchstraße mitunter die Meinung geäußert worden, die Blitzer hießen so, weil sie wie das Gewitter und ohne jegliche Vorwarnung über ihre Opfer herfielen. Das kann aber nicht so sein. Die Blitzer künden ihren Angriff vorher an, allerdings nicht, um die Opfer zu warnen, sondern um sie bewegungsunfähig zu machen, so daß sie sich nicht in Sicherheit bringen können. Mit Mitteln, die uns unbekannt sind, erzeugen sie eine Art Terrorstrahlung, die die Angegriffenen in Panik versetzt und lähmt. Die Terrorstrahlung ist das unmißverständliche Signal, daß ein Blitzer-Angriff unmittelbar bevorsteht.

Das Schlimme für uns, die Cantaro, war, daß die Form der Blitzerfahrzeuge identisch mit der unserer Raumschiffe war. Man brauchte sich darüber nicht zu wundern; denn die Blitzer gehörten dem Volk der Archäonten an, und aus einem archäontischen Archiv hatten die Cantaro die Daten bezogen, nach denen sie ihre Raumfahrzeuge bauten. Die Bewohner der Milchstraße, die sich Galaktiker nannten, hatten die Gefahr, die von den Blitzern ausging, inzwischen längst identifiziert. Jedesmal, wenn eines unserer Raumschiffe auftauchte, hielten sie es für ein Fahrzeug der Blitzer. Sie veranstalteten regelrechte Jagden auf uns. Wären wir echte Blitzer gewesen, hätte uns die Verfolgung wohl wenig ausgemacht; denn die Blitzer, als Zweig des Volkes der Herren der Straßen, besaßen eine Technik, die allem, was sonst noch in diesem Abschnitt des Universums existierte, weit überlegen war. Wir dagegen, die Cantaro, waren den Galaktikern in unserer technischen Entwicklung nur ein paar Dutzend Jahre voraus. Im Kampf Einheit gegen Einheit fiel es uns nicht schwer, sie zu bezwingen. Aber wenn sie mit einem Verband über ein einzelnes Cantaro-Raumschiff herfielen, dann war das Schiff gewöhnlich verloren. Von besonderer Hartnäckigkeit erwiesen sich in diesem Zusammenhang die Bewohner eines Planeten namens Terra, der zum System der Sonne Sol gehörte. Die Terraner waren, wie wir erfuhren, eines der vorherrschenden Völker der Milchstraße, und ihre Kampfeswut, wenn es gegen ein Raumschiff ging, das sie für ein Fahrzeug der Blitzer hielten, kannte keine Grenzen. Wir hatten dafür Verständnis; andererseits lag uns nichts daran, bis in alle Ewigkeit mit den Bösewichtern verwechselt zu werden. Wir versuchten, uns mit den Terranern und anderen Zivilisationen der Milchstraße zu verständigen. Aber das führte zu nichts. Sie hörten uns bereitwillig an, solange wir aus der Ferne zu ihnen sprachen. Wenn sie jedoch eines unserer Schiffe auf den Orterschirm bekamen, dann packte sie der wilde Zorn. Sie hielten uns nach wie vor für Blitzer und waren überzeugt, daß wir den Verhandlungsweg nur beschritten hatten, um unsere potentiellen Opfer irrezuführen und in Sicherheit zu wiegen.

Der Führung unserer Flotte wurde klar, daß wir uns entweder aus der lokalen Gruppe zurückziehen oder den Blitzern auf die Schliche kommen müßten. Die Flotte hatte inzwischen die Milchstraße zu ihrem ausschließlichen Aktionsbereich gemacht, nicht zuletzt deswegen, weil dort die Blitzer am heftigsten am Werk waren. Die Cantaro machten sich allmählich die Gepflogenheiten der Galaktiker zu eigen, obwohl sie von diesen noch immer für die Gespenster der Metawelt in eigener Person gehalten wurden. Zum Beispiel übernahm man in der Flotte die Zeitrechnung der Terraner, nach der überall in der Milchstraße gerechnet wurde. Es geschah – nach dieser Zeitrechnung – im Jahr 470, daß die Cantaro endlich eine brauchbare Spur fanden, auf der sie die Blitzer bis zum Ort ihres Ursprungs zurückverfolgen konnten. Kurz darauf wurde das Schwarze Loch Amagorta entdeckt, in dem die Herren der Straßen ihren letzten Zufluchtsort gefunden zu haben glaubten.

Wie es der Zufall wollte, war 470 auch das Jahr, in dem ich an Bord eines Raumschiffs namens GHORR-E-KHABRACH geboren beziehungsweise aus der Bruteinheit entlassen wurde.

Die Fahrt zum Raumhafen verlief, nachdem ich den Autopiloten entsprechend instruiert hatte, ohne Zwischenfall. Das Sedativ, das der Mikromed mir verabreicht hatte, wirkte nach. Ich spürte zwar, wie mich in Abständen von wenigen Minuten immer wieder eine Welle des Unbehagens überkam. Aber das Gefühl war erträglich. Ich empfand keine Panik mehr. Phamaq saß reglos und blickte starr vor sich hin. Er hatte gänzlich auf syntron-gestütztes Bewußtsein umgeschaltet. Die sechs Wissenschaftler, die mit uns an Bord gekommen waren, verharrten in ihrem verstörten Zustand. Aber wenigstens verhielten sie sich ruhig.

Von unterwegs benachrichtigte ich die TURR-Y-KHAMM. Es dauerte eine Zeitlang, bis ich eine Verbindung bekam. Ich hatte schon in Erwägung gezogen, den Bordcomputer unmittelbar anzusprechen, da meldete sich der Pilot. Auf der kleinen Bildfläche, die das syntronische System des Gleiters zu erzeugen vermochte, wirkte sein Gesicht von Angst verzerrt. Er litt unter denselben Symptomen wie wir alle. Die Terrorstrahlung hatte ihn gepackt.

„Wir sind in drei Minuten an Bord", erklärte ich ihm. „In drei Minuten hat die TURR-Y-KHAMM absolut startbereit zu sein."

„Ich . . . ich weiß nicht . . .", ächzte er.

„Das ist ein Befehl", fiel ich ihm ins Wort. „Ich weiß, wie dir zumute ist, aber das Schiff *muß* in drei Minuten starten. Ein Angriff der Blitzer steht unmittelbar bevor."

Ich sah ihn zusammenbrechen. Er mochte vor Panik nicht mehr aus noch ein wissen. Aber vor den Blitzern hatte er echte, instinktive Angst. Die Bildfläche erlosch. Ich war sicher: Die TURR-Y-KHAMM würde sich vom Boden lösen, sobald das Schleusenschott sich hinter uns geschlossen hatte.

So kam es auch. Ich war, dank der Injektion, die der Mikromed mir verabreicht hatte, der einzige, der noch logisch und gezielt zu handeln verstand.

„Schiff klar! Wir starten", rief ich in den Interkom, nachdem sich die Schleuse geschlossen hatte.

In der Ferne hörte ich das Rumoren der Triebwerke. Mein Befehl wurde befolgt. Die TURR-Y-KHAMM war unterwegs.

Ich überließ die anderen sich selbst. Ein Antigravschacht beförderte mich nach oben in die Kommandozentrale. Der Pilot, mit dem ich zuvor gesprochen hatte, war der einzige Anwesende. Üblicherweise hatte die Zentrale eine Besatzung von fünf Astronauten. Aber das Schiff wurde vom Bordsyntron gesteuert. Man hätte es im Notfall auch gänzlich ohne Mannschaft starten lassen können.

Die optischen Systeme zeigten auf großen Bildflächen die Oberfläche des Planeten Chadiss, die rasch unter uns zurückwich. Die TURR-Y-KHAMM flog mit dem Feldtriebwerk.

Die Siedlung, zu der auch das Forschungszentrum gehörte, war nur noch als Ansammlung winziger Würfel und Kästchen erkennbar. Die Ortung wies aus, daß annähernd gleichzeitig mit unserem Schiff drei weitere Fahrzeuge gestartet waren. Auf der Fläche des Raumhafens tief unter uns waren zwei kräftige Orterreflexe zu erkennen, die darauf hindeuteten, daß in zwei weiteren Raumschiffen die Antriebssysteme warmliefen. Ich war erleichtert. Wenn die zwei da unten es auch noch schafften, Chadiss zu verlassen, und wenn jedes der Schiffe sein übliches Kontingent Besatzung an Bord hatte, dann würde es uns gelingen, wenigstens die Hälfte der Wissenschaftlerkolonie vor dem Angriff der Blitzer zu retten.

Die Wirkung der Terrorstrahlung hatte nachgelassen und war, als wir eine Höhe von 80 Kilometern erreichten, praktisch gleich Null. Phamaq und die sechs Wissenschaftler hatten sich inzwischen im Kommandoraum eingefunden. Ihr Verhalten begann sich zu normalisieren. Phamaq war der Kommandant der TURR-Y-KHAMM und mein unmittelbarer Vorgesetzter. Er hatte seinen Platz an der Kommandokonsole eingenommen, und als der Bordrechner ihn darauf hinwies, daß die Überlichtphase in zwei Minuten eingeleitet werden würde, wies er den Autopiloten an, das Hypertriebwerk vorläufig in inaktivem Zustand zu belassen.

Außer der TURR-Y-KHAMM waren insgesamt sechs Schiffe von Chadiss gestartet. Unsere Verluste würden sich in Grenzen halten. Jetzt, nachdem Phamaq seine Pflichten wieder übernommen hatte und der Pilot aus seiner panischen Trance erwacht war, hatte ich eigentlich im Kommandostand nichts mehr verloren. Ich war selbst Wissenschaftler, Xenomediker. Was jetzt noch geschah, bevor wir Chadiss aus den Augen verloren, konnte ich ebensogut von meinem Quartier aus beobachten.

Ich hatte mich schon zum Gehen gewandt, als der Orteralarm zu schrillen begann. Fünf fremde Raumschiffe waren in einer Distanz von wenigen Lichtsekunden registriert worden. Der Konturtaster projizierte ihre Umrisse auf eine Videofläche.

Die Szene war so unwirklich, daß ich zu zittern begann. Die Schiffe glichen den unseren, was die äußeren Details der Konstruktion anbelangte, bis in die letzte Einzelheit. Jeder, der solche Fahrzeuge unter anderen Umständen auf seinem Orterbild hätte erscheinen sehen, wäre der festen Überzeugung gewesen, cantarische Einheiten vor sich zu haben.

Wir aber wußten es besser. Wir hatten Blitzer vor uns. Ihre Schiffe sahen den unseren gleich, weil wir selbst das Datenarchiv der Herren der Straßen ausgebeutet und unsere Raumfahrzeuge den ihren nachgebaut hatten.

Die Blitzer nahmen von den sieben Cantaro-Schiffen, die nur wenige Lichtsekunden von ihnen entfernt durch den Raum glitten, keinerlei Notiz. Ihr Ziel war klar. Sie strebten geradewegs auf Chadiss zu.

Der Verstand versuchte zu erfassen, was hier vorging. Als unser Orter die Blitzer-Schiffe erfaßte, mußten sie eben aus dem Hyperraum hervorgebrochen sein. Die Terrorstrahlung hatte aber schon vor mehr als einer halben

Stunde zu wirken begonnen. Kannten die Blitzer eine Methode, mit der psionische Strahlung, auf ein Objekt im vierdimensionalen Kontinuum gerichtet, vom Hyperraum aus wirksam gemacht werden konnte? Oder waren sie vor einer guten halben Stunde schon einmal aus dem 5-D-Raum aufgetaucht, um ihre Terrorsignale abzustrahlen?

Das Geschehen entwickelte sich so rasch, daß niemand mehr Zeit hatte, seinen Gedanken nachzuhängen. Was sich vor unseren Augen abspielte, war so ungeheuerlich, daß es das organische Bewußtsein nicht mehr verarbeiten konnte. Wir schalteten automatisch auf syntronische Bewußtseinsmodule um und beschränkten uns darauf, das, was wir sahen, zu registrieren. Die Emotion war ausgeschaltet. Wir konnten uns nicht erlauben, Gefühle zu empfinden; denn dort unten, auf dem blaugrünen Ball, waren immer noch Hunderte unserer Artgenossen, die in diesem Augenblick ihr Leben ließen.

Das Universum flammte auf, als die Blitzer den Aufriß erzeugten. Das Bild des Planeten Chadiss wurde blaß, und trotzdem war klar zu erkennen, wie die Atmosphäre sich binnen einer Sekunde trübte und in eine milchige Suppe gefrorener Gase verwandelte. Der Effekt dauerte nur einen Atemzug lang. Das Leuchten erlosch. Von einem Augenblick zum anderen wurde die Atmosphäre wieder klar. Dampffontänen schossen in allen Richtungen davon. Der Prozeß der Entropie-Umkehr hatte begonnen. Das teleskopische Bild zeigte Qualmwolken, die sich über die Oberfläche des Planeten wälzten. Wälder, Hunderte von Quadratkilometern groß, standen plötzlich in Flammen.

Und dann begann Chadiss zu strahlen. Die kleine Welt leuchtete wie eine Miniatursonne. Im Hintergrund meines syntronisch gesteuerten Bewußtseins nahm ich zur Kenntnis, daß die fünf Raumschiffe der Blitzer inzwischen abgedreht waren, Fahrt aufgenommen hatten und sich anschickten, in den Hyperraum zu tauchen.

Chadiss' Glut war von kurzer Dauer. Der Planet loderte wie ein Bündel Stroh, an das jemand eine Flamme gehalten hatte. Das Feuer sank rasch in sich zusammen. Die Oberfläche der Welt, auf der wir eine Forschungsstation hatten einrichten wollen, glomm in düsterem Rot. Die optische Beobachtung zeigte keine Einzelheiten mehr. Aber man konnte sich unschwer ausmalen, was dort unten geschehen war. Es gab keine Berge, keine Meere mehr auf Chadiss. Alles war verdampft. Die Hülle des Planeten war eine einzige Pfütze aus geschmolzenem Gestein. Im Verlauf der nächsten Monate mußte die Pfütze erkalten, und wenn sie thermisches Gleichgewicht mit dem umgebenden Raum erreicht hatte, würde sie Chadiss einhüllen wie eine fugenlose Schicht aus gegossenem Konkrit.

Die Blitzer waren verschwunden. Ich wollte mich erneut zum Gehen wenden. Es hielt mich nichts mehr in diesem Raum. Ich wollte allein sein und die Eindrücke, die ich soeben gewonnen hatte, dem organischen Teil meines Bewußtseins zur allmählichen Verarbeitung überlassen. Es bedurfte der Konzentration und der sorgfältigen Synchronisation aller syntronischen und organischen Bewußtseinsmodule, um einen psychischen Schock zu verhindern.

Wie gesagt: Ich wollte mich zum Gehen wenden. Ich hatte die Drehung noch nicht halbwegs ausgeführt, da hörte ich hinter mir Phamaq sagen:

„Autopilot! Setze Kurs auf Schotschi."

2.

Ich persönlich weiß nicht, warum das Flottenkommando sich ausgerechnet das System der uralten Sonne Chrukodh als Zentrum der cantarischen Präsenz in der Milchstraße ausgesucht hat. Chrukodh ist die Mutter von insgesamt acht Planeten, von denen allein der dritte Lebensbedingungen aufweist, die mit dem, was wir brauchen, einigermaßen übereinstimmen. Ich betone *einigermaßen;* denn Schotschi ist im Grunde genommen eine äußerst unwirtliche Welt. Selbst in der Äquatorgegend steigt die Temperatur selten über 10 Grad. Der größte Teil des Planeten ist vereist. Die Vegetation besteht aus niederen Pflanzen. Die Tierwelt hat sich bis über das Stadium der Gliederfüßler hinaus entweder nicht entwickelt oder nicht erhalten. Auf Schotschi scheint es nie intelligentes Leben gegeben zu haben. Vielleicht ist die Verlassenheit, die Lebensfeindlichkeit des Planeten der Grund, warum die Flotte hier ihr Hauptquartier eingerichtet hat. Wir dürfen niemals vergessen, daß wir Eindringlinge in dieser Galaxis sind. Man verwechselt uns mit den Blitzern. Man begegnet uns mit Feindschaft. Wir sind gezwungen, vorsichtig zu sein. Wir müssen uns verstecken!

Die Nachricht vom Blitzer-Angriff auf Chadiss war uns per Hyperfunk vorausgeeilt. Das Funknetz, das wir einrichten wollen, um einwandfreie Kommunikation zu gewährleisten, steckte noch in den Anfängen. Aber wenigstens die Strecke von Chadiss nach Schotschi war intakt. Der Flug zum Hauptquartier nahm mehr als einen halben Tag in Anspruch. Ich hatte Gelegenheit, mich auszuruhen und das fürchterliche Erlebnis der vergangenen Stunden unter kontrollierten Bedingungen zu verarbeiten. Wir hatten uns kurz vor dem Eintauchen in den Hyperraum bei den anderen sechs Schiffen erkundigt. Die Besatzung der TURR-Y-KHAMM mitgerechnet, waren insgesamt 833 Cantaro dem Inferno auf Chadiss entkommen. Das bedeutete, daß wir 247 unserer fähigsten Wissenschaftler verloren hatten. Aber es war nicht so sehr der Verlust an Cantaro-Leben, der mich bedrückte. Mir machte vielmehr die unglaubliche technische Macht der Blitzer zu schaffen. Wir waren in die

Milchstraße gekommen, um zu helfen. Wie konnten wir unseren Vorsatz verwirklichen, wenn der Gegner über Mittel verfügte, gegen die sich selbst unsere wirksamsten Waffen wie Spielzeug ausnahmen.

Es war geraume Zeit her, seit die Cantaro sich vom Stammvolk der Anoree abgespalten hatten. Die Anoree hatten damit begonnen, den Körper, den ihnen die Natur gegeben hatte, durch syntronische, psionische und mechanische Implantate zu verbessern. Einige unter den Anoree hatte es gegeben, die mit dem bisher erreichten Fortschritt nicht zufrieden waren. Die Anoree hatten damals ein Plateau erreicht, auf dem sie ein Optimum der Maximierung der Körperfunktionen durch nichtorganische Zusätze erzielt zu haben glaubten. Die Unzufriedenen waren damit nicht einverstanden. Sie glaubten, daß auch Mittel der Gentechnik eingesetzt werden müßten, um weitere Verbesserungen nicht nur des Körpers, sondern auch des Geistes zu bewirken. Es gab, glaube ich, damals einen wüsten Streit innerhalb des Stammvolks; und als der Dampf und der Staub verflogen waren, da hatten die, die sich Cantaro nannten – „cantarui“ in der anorischen Ursprache – vom Volk der Anoree abgesondert und gingen ihre eigenen Wege.

Natürlich hatte ich mit alledem nicht das geringste zu tun. Das alles geschah lange vor meiner Zeit. Mir steht es nicht zu, die Gründer meines Volkes zu tadeln oder zu loben. Wenn ich mir die Sache so überlege, meine ich, ich hätte es damals anders angestellt. Aber ich kann an den Tatsachen der Vergangenheit nichts mehr ändern. Ich bin ein Cantaro. Ich fühle mich wohl mit den Änderungen, die an meinem Genmuster vorgenommen wurden. Ich habe keine Probleme, mit den 27 Modulen zu leben, die in meinen Körper eingebaut sind. Ich kann schneller denken, schneller laufen als ein anderer, der seine Entwicklung allein der Natur überläßt. Ich bin kräftiger als jeder Anoree.

Und vor allen Dingen sehne ich mich nach Tichtona.

Da war eine Diskrepanz in unserem Dasein – oder sollte ich besser sagen: in unserer Auffassung vom Dasein? –, die ich mir nicht so recht zu schätzen wußte. Es gibt nichts Natürlicheres im Universum als die gegenseitige Zuneigung männlicher und weiblicher Wesen. Die Natur hat das so eingerichtet, weil aus der Vereinigung beider neues Leben entsteht. Die Natur legte Wert darauf, daß ihre Geschöpfe nicht nur die Art erhielten, sondern sich vermehrten. Theosophisten mögen darüber argumentieren, daß es in Wirklichkeit nicht die Natur ist, die solche Dinge will, sondern daß vielmehr die ursprüngliche Methode der Fortpflanzung vom Geist der Klarheit eingerichtet wurde. Das spielt für uns heutzutage keine Rolle mehr. Wir haben uns von den Geboten der Natur längst gelöst. Cantaro entstehen nicht im Mutterleib, sondern in der Retorte. In mehr oder weniger regelmäßigen Abständen – viele von uns tragen syntronische Module im Leib, die die Perioden der Fruchtbarkeit regeln – begeben sich männliche wie weibliche Cantaro zu einer Fruchtbarkeitsbank und deponieren dort Sperma und Ova. Die Heranzucht des Nachwuchses hat sich zu einer Industrie entwickelt, in der Fachleute entscheiden, welches Ovum durch welches Spermatozoon befruchtet wird.

Was mich anbelangt, so hätte ich gerne mit Tichtona zusammengelebt und mit ihr Nachwuchs gezeugt, wie es unter unseren Vorfahren üblich war, zehn oder zwanzig Generationen in der Vergangenheit. Ich interessiere mich sehr für Geschichte. Ich weiß, daß es während der Entwicklung unseres Volkes eine Zeit gab, in der sich ein männliches und ein weibliches Wesen zusammentaten, Nachkommen zeugten und eine Einheit schufen, die sich „Familie“ nannte. So ähnlich hätte ich es gerne mit Tichtona eingerichtet, und ich glaube, daß Tichtona meiner Idee nicht allzu abgeneigt ist.

So intensiv ist mein Traum mitunter, daß ich mich eines Tages genötigt sah, einen Psychiater aufzusuchen. Er hörte sich meine Geschichte an. Gleich darauf wurde er ungemein ernst, sogar streng, und erklärte mir, mein Verlangen sei abartig, dekadent und volksfremd. Die Vorwürfe der Dekadenz und der Abartigkeit hätte ich vielleicht noch hingenommen; aber ich wollte wissen, warum meine Wünsche volksfremd seien.

„Weil du genau das tun willst, was bei den Terranern Sitte ist", antwortete der Berater, und das war freilich ein vernichtendes Urteil. Denn, völlig unabhängig davon, welche Gebräuche unsere Vorfahren pflegten: Die Terraner sind unter allen Völkern der Milchstraße diejenigen, die uns am ärgsten zu schaffen machen, und kein Cantaro, der etwas auf sich hält, nimmt eine Sitte an, die auf Terra in Gebrauch ist.

Ich vergaß meinen Traum und beschränkte mich darauf, Tichtona zu lieben, als wären wir ein „Paar". Auch dieses Wort, ebenso wie „Familie", gehörte dem Sprachgebrauch einer Epoche der fernen Vergangenheit an und wurde heutzutage von kaum jemanden noch verstanden.

Tichtona war Xenomedikerin wie ich. Unser Problem war, daß wir uns nur selten sahen. Tichtona war auf Schotschi stationiert, während ich an Bord der TURR-Y-KHAMM Dienst tat. Nach meiner Geburt war ich 20 Jahre lang an Bord der GHORR-E-KHABRACH geblieben und hatte dort meine Ausbildung erhalten. Die GHORR-E-KHABRACH war eines der wenigen Raumschiffe unserer Flotte, die weiterhin durch die Milchstraße und andere Sterneninseln der Lokalen Gruppe kreuzten, während sich der größte Teil unseres Volkes im Innern des Schwarzen Loches Amagorta aufhielt und dort mit den Herren der Straßen Kontakt pflegte. Als die Flotte aus Amagorta zurückkehrte, erfuhr ich, daß das Volk der Cantaro von den Archäonten einen Auftrag nahezu kosmischen Umfangs erhalten hatte. Ich wurde nach Schotschi versetzt und lernte dort Tichtona kennen. Kurze Zeit später forderte einer der Kommandanten, die in Amagorta gewesen waren, einen gutausgebildeten Xenomediker an. Die Wahl fiel auf mich. Ich kam an Bord der TURR-Y-KHAMM, und Phamaq, der ebenfalls auf meinem Fachgebiet ausgebildet war, wurde mein Vorgesetzter. Die TURR-Y-KHAMM beschäftigte sich damit, in der Milchstraße umherzufliegen und die verschiedenen Völker dieser Galaxis kennenzulernen. Da war es kein Wunder, daß ich Tichtona nur noch selten zu sehen bekam.

Im Lauf der Zeit erfuhr ich auch etwas über den Auftrag, den die Cantaro von den Herren der Straßen erhalten hatten. Die Archäonten befürchteten, daß die Blitzer in ihrem Wahnsinn auch andere Galaxien der Lokalen Gruppe überfallen würden. Daher wurden Wälle errichtet, die die Blitzer nachhaltig am Verlassen der Milchstraße hinderten. Viel wurde mir über die Beschaffenheit der Wälle nicht gesagt. Ich begriff nur, daß der innere – das heißt der dem Zentrum der Milchstraße nähere – syntronisch gesteuert Viren in den Bordcomputern der Blitzer-Raumschiffe absetzte und die Rechner auf diese Art und Weise unbrauchbar machte. Der äußere Wall bewirkte eine Zeitumkehr, die in winzigen Quantensprüngen von jeweils ein paar Nanosekunden erfolgte. Ich weiß nicht, wie man es anstellt, den Ablauf der Zeit umzukehren; aber ich kann mir gut vorstellen, daß der Kontakt mit dem Zeitumkehr-Feld organische Wesen ebenso wie technisches Gerät in arge Verwirrung stürzt. Deswegen nennt man diesen Wall auch die Irrsinnsmauer.

Der Bau der Wälle war derzeit noch im Gang. Man rechnete damit, daß die Arbeiten in vier Standardjahren abgeschlossen sein würden. Die Herren der Straßen hatten den Cantaro die technischen Mittel zur Verfügung gestellt, die für die Errichtung der Wälle erforderlich waren. Es wurde ein ungeheurer Aufwand betrieben. Allerdings oblagen 98 Prozent der Arbeitsleistung den Robotern, die in unseren Fertigungsstätten nach den von den Archäonten überlassenen Spezifikationen gebaut wurden.

In vier Jahren also würde kein Blitzer mehr die Milchstraße verlassen können. Die Wälle waren in beiden Richtungen undurchdringlich. Es konnte auch niemand mehr von außen her in die Milchstraße einfliegen. Es gab ein paar cantarische Spezialeinheiten, die mit gewissen Geräten ausgestattet waren, so daß sie die Wälle gefahrlos durchdringen konnten. Die Geräte waren uns ebenfalls von den Herren der Straßen überlassen worden. Wir verstanden ihre Funktionsweise vorläufig noch nicht; aber unsere Wissenschaftler und Techniker waren zuversichtlich, daß sie die Apparate in ein paar Jahren würden nachbauen und *alle* Cantaro-Schiffe damit ausrüsten können. Es lag uns nämlich nichts daran, in der Milchstraße eingesperrt zu sein. Nichts widerstrebt dem Cantaro mehr, als in seiner Bewegungsfreiheit auf einen bestimmten Raum beschränkt zu sein, und sei dieser Raum auch vom Umfang einer ganzen Galaxie.

Der Auftrag, den die Herren der Straßen meinem Volk erteilt hatten, sah freilich auch vor, daß die Wälle nach einer bestimmten Zeit wieder abgebaut würden. Die Archäonten hatten keineswegs die Absicht, die Milchstraße für alle Zeiten vom Rest des Universums abzuriegeln. Es ging nur um die Blitzer. Die Weisen von Amagorta hatten ermittelt, daß der Wahnsinn, der eine Folge der Großen Kosmischen Katastrophe war, die Lebenserwartung der Blitzer drastisch verkürzte. In 50 oder 60 Jahren würde keiner von ihnen mehr am Leben sein. Wenn feststand, daß es keine Gefahr mehr gab, dann sollten wir die Wälle einreißen und den Raum rings um die Milchstraße wieder in seinen ursprünglichen Zustand versetzen.

Mir erschien das ganze Unternehmen ein wenig absonderlich. Man mag sagen, das liegt daran, daß ich kein Experte bin, weder Physiker noch Astroingenieur. Ich wurde von Anfang an zum Xenomediker ausgebildet. Meine Aufgabe ist es, die zahlreichen Spezies dieser Galaxis zu studieren und in Erfahrung zu bringen, mit welchen Überlebensmechanismen sie von der Natur ausgestattet wurden. Ich hatte bei der Wahl meines Berufs absolut nichts zu sagen. Er wurde mir kurz nach der Geburt von den Ausbildungsspezialisten zudiktiert. Sie kannten mein Genmuster, sie maßen die psionischen Emissionen meines Bewußtseins und wußten besser als irgend jemand sonst, für welche Laufbahn ich mich am besten eignete. Ich bin mit ihrer Entscheidung zufrieden. Ich übe meinen Beruf mit Eifer und großem Interesse aus und darf sagen, daß ich mir inzwischen unter Xenomedikern einen Namen gemacht habe.

Jetzt aber möchte ich Tichtona sehen.

Die Ankunft auf Schotschi war eine herbe Enttäuschung. Nicht nur, daß der Himmel mit grauen Wolken überzogen war und der Sturm eine häßliche Mischung aus Regen und Schnee vor sich hertrieb, ich erfuhr außerdem – die TURR-Y-KHAMM hatte kaum aufgesetzt –, daß das Flottenkommando eine Anweisung erlassen hatte, wonach männliche und weibliche Mitglieder der Flotte künftighin nicht mehr zusammenwohnen durften. Ein Grund für die Anordnung wurde nicht genannt. Mein Plan war ursprünglich gewesen, mich wenigstens für die ersten zwei Wochen meines Aufenthalts bei Tichtona einzuquartieren. Jetzt mußte ich mir meine eigene Unterkunft suchen. (Ich erfuhr Minuten später, daß ein Quartier für mich bereitgestellt war. Aber das war mir nur ein geringer Trost.)

Ich verbrachte dennoch einen herrlichen Tag mit Tichtona. Nachdem wir unsere Sehnsucht gestillt hatten, erzählte sie mir von Dingen, die inzwischen auf Schotschi geschehen waren. Wir lebten in aufregenden Zeiten, stellte ich rasch fest. Die Kommandostruktur der cantarischen Flotte war im Umbruch. Eine große Anzahl von Kommandeuren war in den Zivildienst entlassen beziehungsweise im Rang herabgestuft worden. Andere, deren Namen ich noch nie gehört hatte, waren an ihre Stelle getreten. Der Kreis der Kommandeure, der sich bisher damit begnügt hatte, Flottenkommando zu heißen, nannte sich jetzt Supremkommando. Regeln und Vorschriften waren strikter geworden. Es wehte ein neuer Wind in der cantarischen Flotte, und der Geruch, den er mit sich trug, stimmte mich mißtrauisch.

Am erstaunlichsten aber war dieses: Das Supremkommando hatte unmittelbar nach seiner Konstituierung Kontakt mit den Terranern aufgenommen. Es war den Kommandeuren offenbar gelungen, die Terraner zu überzeugen, daß wir mit den Blitzern nichts zu tun hatten. Mehrere Mitglieder des Supremkommandos hielten sich gegenwärtig auf Terra auf und verhandelten mit denen, die wir bisher als unsere ärgsten Gegner betrachtet hatten. Es war davon die Rede, daß auf der Welt der Terraner eine ständige Vertretung eingerichtet werden sollte.

Die TURR-Y-KHAMM war knapp zwei Monate unterwegs gewesen. Daß eine solch umwälzende Entwicklung innerhalb so kurzer Zeit hätte stattfinden können, war schier unglaublich. Ich wußte nicht viel über Politik. Aber ich erinnerte mich noch deutlich an den Befehl, den das alte Flottenkommando erlassen hatte: Jeder Terraner ist sofort anzugreifen und zu vernichten.

Einer der früheren Kommandeure, dessen Namen ich noch kannte, hatte seinen Rang und sein Amt beibehalten und war mit der Delegation nach Terra gereist. Er hieß Thonkarr und war allgemein als ein fähiger, gerechter und verständnisvoller Flottenführer bekannt. Der

Umstand, daß er dem neuen Supremkommando angehörte, beruhigte mich ein wenig. Wenn auf der obersten Ebene unserer jetzigen und wohl auch zukünftigen Kommandostruktur ein Kommandeur wie Thonkarr saß, dann konnte sich an den Ideen und Idealen, denen wir bis hierher so absolut gefolgt waren, nicht allzuviel geändert haben.

Gegen Mitternacht Ortszeit verabschiedete ich mich von Tichtona. Sie nahm meine Hände und zog mich an sich, den Leib vorgereckt. Es war die intimste Art der Verabschiedung, die ich je erlebt hatte. Um ein Haar wäre es soweit gekommen, daß ich die Anordnung des Supremkommandos mißachtet und die Nacht in Tichtonas Haus verbracht hätte. Aber im letzten Augenblick fiel mir der Psychoberater wieder ein. Ich wollte nicht zum Volksfremden abgestempelt werden. Ich hatte eine Verpflichtung dem Volk der Cantaro gegenüber. Wenn ich dieser nachkommen wollte, mußte ich weiterhin in meinem Beruf tätig sein. Würde ich des Regelverstoßes und der Insubordination überführt, dann wäre mir die Degradierung sicher, und ich könnte nicht mehr als Xenomediker arbeiten. Die Wahl fiel mir nicht leicht; aber wie die Entscheidung auszusehen hatte, war aus logischer Sicht klar.

Ich löste die Finger aus Tichtonas Händen und machte mich auf den Heimweg.

Ich hatte mein neues Quartier bisher noch nicht zu sehen bekommen. Vom Raumhafen aus war ich unmittelbar zu Tichtona geeilt. Meine Unterkunft befand sich in einem dreistöckigen Gebäude, das zu einem aus Dutzenden von gleichartigen Bauten bestehenden Wohnkomplex gehörte, den man im vergangenen Monat errichtet hatte. Überhaupt war mir auf der Fahrt zu Tichtonas Wohnung aufgefallen, daß sich auf Schotschi eine enorme Bautätigkeit entwickelt hatte. Das Supremkommando war offenbar im Begriff, den Planeten mit dem unfreundlichen

Klima in eine permanente Siedlungsstätte zu verwandeln.

Ich glitt durch den Antigravschacht ins mittlere Stockwerk empor, orientierte mich an den bunten Leuchtanzeigen, die überall in der Luft schwebten, und fand mein Apartment ohne Schwierigkeit. Es interessierte mich zu erfahren, ob mein Gepäck planmäßig von der TURR-Y-KHAMM angeliefert worden war. Es enthielt ein paar exotische Gebrauchsgegenstände, die ich unterwegs erworben und eigentlich in Tichtonas Wohnung hatte unterbringen wollen. Als ich erfuhr, daß ich nicht mit Tichtona zusammenwohnen durfte, hatte ich mich entschlossen, die Dinge in meiner eigenen Unterkunft einzuquartieren.

Der Pfortenservo an der Tür wollte meinen Namen wissen und forderte mich sodann auf, die Hand auf eine bestimmte Stelle des Türrahmens zu legen. Der Servo besaß eine digitalisierte Version meines Stimmusters und konnte daher, wenn ich meinen Namen sagte, eindeutig erkennen, ob ich wirklich derjenige war, der ich zu sein vorgab. Weil aber Stimmen auch syntronisch nachgeahmt werden können, verlangte er außerdem den Handabdruck, der ihn in die Lage versetzte, die hyperenergetische Komponente der Ausstrahlung meines Zellgewebes zu analysieren.

Die Tür öffnete sich, nachdem auch die zweite Prüfung zufriedenstellend ausgefallen war. Der Raum, den ich betrat, war hell erleuchtet. Ich sah mein Gepäck an der Wand aufgereiht. Aber das interessierte mich nicht. In einem elegant geformten Sitzmöbel lehnte ein Cantaro, der dafür verantwortlich war, daß sich die Beleuchtung schon vor meiner Ankunft eingeschaltet hatte. Ich erkannte ihn sofort, trotz seiner ungewöhnlichen Kleidung. Er trug eine hellgraue Kombination, die aus einem metallisch schimmernden Material gefertigt und mit zahlreichen technischen Zusätzen versehen war.

Er erhob sich, als er mich erblickte. Er war einen halben Kopf größer als ich und hatte ein kantig geschnittenes Gesicht. Seine Augen standen weiter auseinander, als ich es je an einem Wesen meiner Art beobachtet hatte. Sein Hinterkopf war von schier unglaublicher Länge, was auf überragende Intelligenz schließen ließ. In der linken Wange trug er ein glitzerndes Mikromodul. An all diesen Dingen erkannte ich ihn. Ich hatte schon viele Bilder von ihm gesehen.

„Ich bin Thonkarr", sagte er.

„Das weiß ich. Was suchst du hier, und wie kommst du hier herein?" antwortete ich, immer noch in dem Bann der Überraschung stehend.

„Einem Mitglied des Supremkommandos ist keine Tür verschlossen", erklärte er ernst. „Und was – beziehungsweise *wen* – ich hier suche, läßt sich leicht sagen: Ich suche *dich.*"

Ich bot ihm Speise und Trank an, ohne zu wissen, was die Küchenautomatik in meiner neuen Wohnung zu leisten vermochte. Er akzeptierte, und ich brachte mit der Hilfe des Automaten eine durchaus brauchbare Mahlzeit, komplett mit Haferbier und Ahornwein, zustande. Thonkarr bediente sich ausgiebig. Er sagte, er sei geraume Zeit im All unterwegs gewesen und hätte genug von der Schiffskost, die wegen ihrer Einfallslosigkeit berüchtigt war.

Die Mahlzeit wurde schweigend eingenommen, wie es Sitte war. Ich aß nicht viel. Zuvor war ich hungrig gewesen; aber jetzt brannte in mir die Wißbegierde, was Thonkarr hier wollte. Er aß mit sichtlichem Genuß; vor allen Dingen schien sein Appetit unersättlich. Ich wurde immer unruhiger. Ich wollte den Grund seines Besuches kennenlernen. Ich wartete, bis er den rechten Eßstab beiseite gelegt hatte, da schoß ich meine Frage ab:

„Warum suchst du mich?"

Er griff nach dem Becher mit Ahornwein, trank einen Schluck und sah mich aus den weit auseinanderstehenden braunen Augen nachdenklich an.

„Die Entwicklung unseres Volkes ist in ein neues Stadium getreten", sagte er. „Wir haben die Möglichkeit, Herrscher einer ganzen Galaxis zu werden. Das ist eine Chance, die wir nicht versäumen dürfen."

Da stimmte ich mit ihm überein. Unser Volk wurde nicht nur von Wissensdurst, sondern auch von Ehrgeiz beseelt. Ich äußerte mich dementsprechend, und Thonkarr fuhr fort:

„Das einzige Hindernis, das uns noch im Wege steht, sind die Blitzer. Sie besitzen, da sie ein Zweig des Archäonten-Volks sind, eine weit überlegene Technik. Wir haben keine Chance, ihren technischen Vorsprung aufzuholen. Wir müssen sie schlagen, indem wir uns ihnen mit zahlenmäßig überlegenen Streitkräften in den Weg stellen."

Ich verstand das. Aber ich begriff immer noch nicht, warum Thonkarr sich in diesem Zusammenhang ausgerechnet mit mir in Verbindung hatte setzen müssen.

„Was hat das mit mir zu tun?" fragte ich deshalb.

„Wir wissen nicht, wie viele Blitzer es gibt", antwortete er. „Die Herren der Straßen, unterhalb des Ereignishorizonts von Amagorta, sprechen von ein paar Hunderttausend. Aber sicher können wir unserer Sache nicht sein, und gewiß haben die Blitzer auch Gelegenheit, sich zu vemehren. Wie viele sind wir?"

„Zwanzig Millionen", sagte ich.

„Wie viele davon sind Kämpfer?"

„Fast alle", begann ich. „Wir . . ."

„Das ist nicht wahr", unterbrach er mich. „Wir alle nennen uns Kämpfer; aber in Wirklichkeit sind achtzig Prozent unserer Mannschaften für Aufgaben eingesetzt, die mit Forschung, Verwaltung und was weiß ich sonst noch allem zu tun haben. Wir verfügen über ein aktives

Truppenkontingent von nicht mehr als vier Millionen. Rechne dazu die geringe Anzahl unserer Raumschiffe. Das reicht nicht aus, um die Blitzer zu bekämpfen."

Ich war immer noch verwirrt.

„Und was habe ich damit zu tun?" wiederholte ich meine vorige Frage.

„Wir brauchen Hilfstruppen", beschwor er mich. „Sie müssen für unsere besonderen Zwecke ausgebildet werden. Ich hoffe, du verstehst, was ich damit meine."

Natürlich verstand ich ihn. Kein Volk der Milchstraße würde sich uns freiwillig zur Verfügung stellen. Wir waren der Feind schlechthin. Wenn wir Hilfstruppen brauchten, würden wir sie uns selbst heranzüchten müssen. Ich war Xenomediker. Ich wußte Bescheid, wie man mit dem Genmaterial der Galaktiker umgehen mußte, um aus ihnen Wesen zu machen, die uns willig zu Diensten sein würden.

Ich kann nicht sagen, daß mir die Idee auf Anhieb gefiel. Gleichzeitig aber erkannte ich den Zwang der Lage, in der wir uns befanden. Wenn wir die Herrschaft über diese Galaxis erringen wollten, dann mußten wir zuvor die Gefahr der Blitzer beseitigen.

„Ich verstehe dich", sagte ich. „Sprich weiter."

„Du bist ein Experte ersten Ranges", antwortete er. „Wir brauchen Fachkräfte von deinem Kaliber. Du wirst mit den besten deines Fachgebiets zusammenarbeiten. Ich nenne nur ein paar Namen: Rekhrioch, Fimbraich, Josanghatt . . ."

Mit mir ging die Begeisterung durch. Hätte ich je davon träumen können, an der Seite der Koryphäen der Xenomedik und der Mikrobiologie arbeiten zu dürfen? Wer war ich, der einundzwanzigjährige Anfänger in xenomedischer Praxis, daß ich mir hätte Hoffnung machen dürfen, mit berühmten Spezialisten eine Arbeitsgruppe zu bilden?

„Ich sehe, daß du dich für meinen Vorschlag interessierst“, sagte Thonkarr.

„Ich bin begeistert davon“, antwortete ich. „Was habe ich zu tun?“

Natürlich kannte ich seine Pläne. Aber ich durfte ihm nicht vorgreifen. Er war ein Mitglied des Supremkommandos. Es ziemt sich nicht für ein untergeordnetes Mitglied der Flotte, die Absichten eines Supremkommandeurs im vorhinein zu erkennen.

„Wir müssen Klone züchten“, sagte er, genau wie ich es erwartet hatte. „Diese Sterneninsel stellt uns vorzügliches organisches Material zur Verfügung. Was uns noch bleibt, ist, aus dem Material Wesen zu formen, die sich für unsere Zwecke eignen.“

„Ich verstehe“, antwortete ich respektvoll. „Es ist ein ehrgeiziges Unternehmen, und ich bin stolz, zur Teilnahme aufgefordert zu werden. Aber im Augenblick bin ich noch der TURR-Y-KHAMM zugeordnet. Kommandant Phamaq wird seine Zustimmung geben müssen, bevor ich dein Angebot annehmen kann.“

Thonkarr sah mich an, und ein merkwürdiger Ausdruck erschien in seinen Augen.

„Du darfst mich nicht falsch verstehen“, sagte er, sanft und dennoch mit Bestimmtheit. „Was ich dir vortrage, ist kein Angebot, sondern ein Befehl. Das Supremkommando hat die absolute Weisungsbefugnis für alle cantarischen Streit- und Zivilkräfte. Ich sehe nicht, wie der Kommandant der TURR-Y-KHAMM sich weigern könnte, dich freizustellen.“

Ich war beeindruckt. Die Organisation unseres Volkes war bisher eine recht lockere gewesen. Eine straffe Kommandostruktur, die die gesamte Flotte umfaßte, hatte es bisher nur gegeben, wenn eine Gefahr auftauchte, die uns alle bedrohte, oder wenn ein Unternehmen der Gesamtflotte organisiert werden mußte. Ansonsten hatten die Kommandanten der einzelnen Schiffe die

Befehlsgewalt. In den Monaten, die wir auf Chadiss verbracht hatten, schien ein Umdenken stattgefunden zu haben. Wir waren nicht mehr der unorganisierte Haufen, als der wir von Neyscuur ausgezogen waren. Wir hatten jetzt eine Regierung, so konnte man wohl dazu sagen. Das Supremkommando hatte alle Macht an sich genommen.

„Verzeih mein Unverständnis“, antwortete ich auf Thonkarrs Bemerkung. „Ich war monatelang unterwegs. Ich wußte nicht, welche Veränderungen inzwischen stattgefunden haben.“

„Sie gereichen unserem Volk zum Vorteil, glaub es mir“, versicherte Thonkarr ernst. „Große Dinge stehen bevor, und wo immer wir uns hinwenden, sieht die Gefahr uns in die Augen. Wir brauchen eine straffe Organisation. Du bist morgen früh zum Aufbruch bereit?“

„Selbstverständlich“, erklärte ich. „Wo wird das Forschungsteam stationiert?“

„Wir sind dabei, ein Forschungszentrum einzurichten“, antwortete der Supremkommandeur, und als er meine Reaktion bemerkte – immerhin war ich eben erst von einem Unternehmen zurückgekehrt, dessen Aufgabe es war, eine Forschungsstation zu bauen –, fügte er lächelnd hinzu: „Keine Sorge. Diesmal suchen wir uns eine Welt, die die Blitzer nicht finden. Einstweilen quartieren wir unsere Wissenschaftler an anderem Ort ein.“

„Wo?“

„Auf Terra“, sagte er.

3.

Die Überraschungen nahmen kein Ende. Am nächsten Morgen ließ mich Thonkarr von einem seiner Adjutanten abholen und zum Raumhafen bringen. Am Ostrand des

Hafens lag ein Raumschiff, das gewiß erst vor ein paar Wochen oder Monaten von der Werft gekommen war. Mein Fachgebiet war zwar die Xenomedik, aber ich verstand auch eine ganze Menge von der Raumfahrttechnik.

Das Schiff ruhte auf einem Prallfeld. Dort, wo das künstliche Schwerefeld zur Bodenschleuse emporführte, erwartete mich der Supremkommandeur. Ich begrüßte ihn ehrfürchtig. Er wies zur Hülle des Raumschiffs empor.

„Siehst du den Namen dort?“ fagte er.

Die Schriftzeichen waren in Schwarz auf goldenem Grund aufgebracht: CHAKTOP-U-MUKHIN las ich. Ich hielt es für einen eigentümlichen Namen: Geist der Forschung.

„Ich sehe ihn, weiser Herr“, antwortete ich. Ich weiß heute nicht mehr, warum ich ausgerechnet diese Anrede gebrauchte. Sie erschien mir passend.

Er dagegen sah mich an, als wolle er zornig werden.

„Nenn mich nie mehr einen weisen Herrn“, sagte er strafend. „Dieser Titel ist anderen vorbehalten.“

Ich hätte gern gewußt, wer die anderen waren; aber Thonkarrs Reaktion hatte mich so eingeschüchtert, daß ich mich nicht zu fragen getraute. Und er war von sich aus offenbar nicht bereit, meine Wißbegierde zu befriedigen. Nach einer kurzen Pause fuhr er fort:

„Ich bin ein Charakterkenner.“ Seine Stimme war wesentlich freundlicher als vor ein paar Sekunden. „Ich weiß, daß du deinen Weg gehen und ein erfolgreicher Xenomediker werden wirst. Deswegen überlasse ich dir dieses Raumschiff, die CHAKTOP-U-MUKHIN. Vorerst ist sie nur eine Leihgabe. Wenn du deine erste große Aufgabe zur Zufriedenheit des Supremkommandos abgeschlossen hast, wird sie dein Eigentum. Aber du bist jetzt schon ihr Kommandant. Sie hat eine Besatzung von zweiunddreißig vorzüglich ausgebildeten Astronauten. Du wirst mich als Fahrgast an Bord nehmen.“

Ich war so verblüfft, daß ich geraume Zeit nichts zu sagen wußte. Ich weiß heute nicht mehr, wie ich meinen Dank zum Ausdruck gebracht habe. Ich erinnere mich nur, daß Thonkarr mir schließlich ins Wort fiel und mich ermahnte:

„Ein Supremkommandeur tut niemand etwas zu Gefallen. Du erhältst dieses Raumschiff, weil auf diese Weise deine Einsatzfähigkeit verbessert und deine Wirksamkeit erhöht wird. Wir haben große Dinge vor, und wir brauchen Fachkräfte von deinem Kaliber. Hast du sonst noch Fragen?“

Da warf ich alle Bescheidenheit beiseite. In den vergangenen zwanzig Stunden war mir so viel Wundervolles widerfahren, daß ich das Gefühl hatte, es müsse mir jeder Wunsch erfüllt werden.

„Ich habe noch *eine* Frage“, sagte ich.

„Sprich“, forderte er mich auf.

„Ich habe eine Kharima, die mir das Leben erhellt und meine Seele erfreut“, erklärte ich. „Habe ich deine Erlaubnis, sie als zweiten Fahrgast an Bord der CHAKTOP-U-MUKHIN zu nehmen?“

(Anm. d. Übers.: „Kharima“ ist ein Ausdruck, der, von einem männlichen Cantaro gebraucht, ein weibliches Wesen bezeichnet, dem der Sprecher sich in besonderer Weise verbunden fühlt.)

Thonkarr verzog das Gesicht, und in seiner Miene erschien ein Ausdruck spöttischer Heiterkeit.

„Tichtona ist bereits an Bord“, sagte er. „Ich habe sie rufen lassen.“

„Ich danke dir“, stieß ich hervor.

„Danke mir nicht“, wehrte er ab. „Erinnere dich an das, was ich dir vor einer Minute sagte: Ein Supremkommandeur tut niemand etwas zu Gefallen. Tichtona kommt mit uns, nicht weil sie deine Kharima ist, sondern weil sie uns als Xenomedikerin gute Dienste leisten wird."

Eine halbe Stunde später brachen wir auf.

Im Vergleich mit Schotschi war Terra eine paradiesische Welt. Die grünen und braunen Flächen der Kontinente waren in strahlendblaue Meere eingestreut. Weiße Wolkenfelder wetteiferten in ihrer Reinheit mit den Eiskappen der Polargebiete. Die CHAKTOP-U-MUKHIN senkte sich einer großen, von zahlreichen Inseln durchsetzten Wasserfläche entgegen. Auf einer der größeren Inseln gab es einen vorzüglich ausgebauten Raumhafen, dem man ansah, daß er nicht von Terranern, sondern von uns angelegt worden war.

Ich hatte zwar das Kommando; aber während des Einflugs ins Solsystem hatte Thonkarr alle Anweisungen gegeben. Das war gut so; denn ich hatte keine Ahnung, wo auf Terra sich unser eigentliches Ziel befand.

Rings um den Raumhafen befanden sich zahlreiche Gebäude. Thonkarr fühlte sich bemüßigt, mir die Sachlage zu erklären.

„Terra wird nicht unser permanenter Standort sein", sagte er. „Wir haben uns hier nur vorläufig eingerichtet, bis die Machtverhältnisse innerhalb der Milchstraße geklärt sind. Diese Insel wird von den Terranern Irian genannt; aber es gibt hier keine Terraner mehr. Wir haben sie alle evakuiert, weil wir ungestört sein wollen. Während unseres Aufenthalts hier werden wir in einem der Gebäude dort wohnen."

„Welchem Zweck dient unser Aufenthalt?" erkundigte ich mich.

„Ich sagte es dir schon", antwortete er ein wenig ungehalten. „Wir stellen eine Gruppe von xenomedischen und mikrobiologischen Experten zusammen. Ihr erhaltet hier eure Aufträge und werdet dann an die entsprechenden Einsatzorte gebracht."

Sein freundliches Verhalten während der langen, ereignislosen Stunden des Fluges hatte mein Selbstvertrauen gestärkt. Ich getraute mich, Fragen zu stellen, zu denen ich sonst nicht den Mut gehabt hätte.

„Welche Machtverhältnisse gibt es zu klären?“ wollte ich wissen. „Du sprachst zu mir von der Möglichkeit, daß unser Volk die Herrschaft über diese Galaxis übernehmen könne. Welche Art von Klärung ist da noch erforderlich?“

Er sah mich an, und es lag wenig Freundlichkeit in seinem Blick. Ich begann mich zu fragen, wodurch seine plötzlichen Sinneswandlungen verursacht wurden. Er war zugänglich im einen, abweisend und verständnislos im nächsten Augenblick.

„Die Frage beweist, daß du intelligent bist“, antwortete er hart. „Sie zeigt aber auch, daß es dir an Weisheit mangelt. Die Geschäfte des Supremkommandos gehen dich nichts an. Wenn das, worüber ich sprach, ausgereift ist, wird die gesamte cantarische Öffentlichkeit davon erfahren.“

Daraufhin getraute ich mich nicht, weitere Fragen zu stellen. Nachdem die CHAKTOP-U-MUKHIN gelandet war, schoß ein geräumiger Gleiter über das weite und größtenteils leere Feld des Raumhafens. Thonkarr, Tichtona und ich schleusten uns aus und gingen auf das Fahrzeug zu. Die Luft, die uns entgegenschlug, war warm und feucht. Das Gelände des Hafens wurde nach Osten hin von bewaldeten Bergen begrenzt, die bis zu beträchtlichen Höhen aufragten. Der Pilot des Gleiters begrüßte Thonkarr mit Ehrfurcht; Tichtona und mir dagegen schenkte er kaum Beachtung. Allmählich begann ich, Unbehagen zu empfinden. Es hatte früher keine gesellschaftlichen Rangunterschiede unter den Cantaro gegeben. Natürlich waren wir, als wir mit der Flotte in die Milchstraße einflogen, in eine gefährliche Situation geraten und verstanden, daß es solche geben mußte, die

Befehle erteilten, und andere, die die Befehle befolgten. Aber der Unterschied im Verhalten des Gleiterpiloten: absolute Ergebenheit dem Supremkommandeur gegenüber, für mich und Tichtona dagegen nur Gleichgültigkeit, die fast schon beleidigend war – dieser Unterschied machte mir zu schaffen. Hier war, so meinte ich, eine Entwicklung in Gang gekommen, die zu nichts Gutem führen konnte.

Immerhin erfuhr ich auf der Fahrt zu einem der Gebäude am Südrand des Raumhafens, daß sich auf der Insel Irian nicht nur elf Mitglieder des Supremkommandos, sondern auch etliche hundert Cantaro niederen Ranges aufhielten. Ich fragte mich wiederum: Wenn die Terraner wirklich unsere schlimmsten Gegner waren, wodurch hatte sich das Flottenkommando dazu verleiten lassen, ausgerechnet auf Terra ein Hauptquartier einzurichten, und sei es auch nur, wie Thonkarr mir erklärt hatte, ein vorübergehendes?

Am Eingang des Gebäudes wurden wir von einer Abordnung erwartet, die uns in unsere Quartiere einwies. Ihr Verhalten war dasselbe wie das des Piloten: Ehrfurcht für Thonkarr, Gleichgültigkeit Tichtona und mir gegenüber. Wir begannen, uns als Wesen zweiter Klasse zu fühlen. Wenigstens waren die Unterkünfte komfortabel eingerichtet, luxuriös sogar. Tichtona und ich wohnten nebeneinander, während man Thonkarr in einem anderen Teil des Gebäudes untergebracht hatte. Unsere Räume waren mit dem herkömmlichen Satz von Kommunikationsgeräten ausgerüstet. Es gab kleine, mit modernen Automatiken ausgestattete Küchennischen.

In diesem Teil Terras war es inzwischen Nachmittag geworden. Die Sonne senkte sich dem westlichen Horizont entgegen. Ich suchte Tichtona in ihrem Quartier auf. Wir wollten uns ein paar freudvolle Stunden bereiten. Tichtona hatte eine kleine Mahlzeit hergerichtet und die Küchenautomatik dazu gebracht, ein Getränk von sich zu geben, das ähnlich wie Ahornwein schmeckte, nur wesentlich weniger süß und höchstwahrscheinlich auf ganz andere Art zubereitet.

Wir aßen und tranken. Der fremde Wein war kräftig und ließ uns schon nach wenigen Bechern unsere Hemmungen vergessen. Ich legte Tichtona die Hand auf den Kopf, um ihr meine Zuneigung zu zeigen, und mit der anderen berührte ich ihre Brüste. Sie sah mich an, und ich las in ihren Augen, daß sie mit meinem Verlangen einverstanden war.

Das war der Augenblick, in dem der Interkom sich selbsttätig einschaltete. Es gab kein Bild. Eine Stimme sprach in einer fremden Sprache. Der Interkom war mit einem Translator ausgestattet, der nach den ersten Lauten der unbekannten Stimme auf cantarisch von sich gab:

„Der Xenomediker Ghebrokhte wird sofort im Besprechungsraum erwartet. Der Weg ist markiert."

Ich sah Tichtona an. Sie war traurig. Ich fuhr ihr mit der Hand durchs Haar und versuchte, sie zu trösten.

„Später", sagte ich.

Es war tatsächlich eine Leichtigkeit, den Besprechungsraum zu finden. Leuchtzeichen schwebten überall. Ich glitt durch einen Antigravschacht bis zum obersten Stockwerk des Gebäudes empor. Der Raum war auf die übliche Art und Weise ausgestattet: mit bequemen Sitzmöbeln, vor die kleine Tische gespannt waren, auf denen man sein Aufzeichnungsgerät abstellen konnte.

Rekhrioch, Fimbraich und Josanghatt waren bereits anwesend. Ich begrüßte sie mit dem Respekt, der solch berühmten Wissenschaftlern zusteht. Sie ihrerseits behandelten mich freundlich und zutraulich, als wäre ich einer der Ihren. Das gab mir den Mut zu fragen:

„Warum hat man uns hier zusammengerufen?"

Rekhrioch drehte die ausgestreckte Hand von links nach rechts, um seine Unsicherheit auszudrücken.

„Niemand weiß es“, antwortete er. „Außer womöglich Thonkarr. Er hat diese Besprechung anberaumt.“

„Wird er teilnehmen?“ erkundigte ich mich verwundert.

„Wir wissen es nicht“, sagte Josanghatt. „Aber wir nehmen es an.“

In diesem Augenblick öffnete sich die Tür, und Thonkarr trat ein. Er wirkte ungewöhnlich ernst. Ohne Gruß begann er zu sprechen.

„Es ist etwas Unerwartetes geschehen. Unsere Anwesenheit auf dieser Welt stützt sich auf Vereinbarungen, die wir mit einem Terraner getroffen haben, der hier die Macht in Händen hält. Er bezeichnet sich als Oberhaupt der Kosmischen Hanse, einer interstellaren Handelsorganisation, die über eine riesige Raumschiffhandelsflotte verfügt und sich nicht nur auf kommerziellem Gebiet, sondern auch politisch betätigt. Er nennt sich Galbraith Deighton. Es ist ihm ein Unfall widerfahren. Es liegt in unserem eigenem Interesse, ihm beizustehen. Gleichzeitig bietet sich für euch eine Gelegenheit, euer Fachwissen zu demonstrieren.“

Die Tür hatte sich hinter Thonkarr nicht geschlossen. Mit leise summenden Antigravmotor glitt eine Robottrage in den Raum. Thonkarr trat beiseite, um sie passieren zu lassen. Wie sahen einen schlanken, für terranische Begriffe hochgewachsenen Menschen, der sich offenbar im Zustand fortgeschrittenen Körperzerfalls befand. Die Gesichtshaut spannte sich straff um das Knochengerüst des Schädels. Die Hautfarbe war ein fahles Grau. Der Mensch atmete heftig, und seine Atemmechanismen gaben dabei röchelnde und rasselnde Geräusche von sich.

„Der Terraner behauptet, über zwölfhundert Jahre alt zu sein“, fuhr Thonkarr in seiner Darstellung fort, „und ich habe keinen Grund, seine Angabe zu bezweifeln. Er war Besitzer eines Geräts, das man einen Zellschwingungsaktivator nennt. Der Aktivator unterbindet den Alterungsprozeß. Ich weiß nicht, wie ein solches Gerät funktioniert, und auch Galbraith Deighton hat es mir nicht erklären können. Auf jeden Fall war er, als wir auf Terra landeten, mit seinem Raumschiff im benachbarten Raumsektor unterwegs, und an Bord seines Schiffes erschien ein Wesen, das er nur als Schemen hat erkennen können und von dem ihm der Zellschwingungsaktivator geraubt wurde. Gemäß seiner eigenen Aussage hat er nach dem Raub des Aktivators nur zweiundsechzig Stunden zu leben. Vierunddreißig davon sind bereits vergangen. Wir müssen ihm helfen. Es gibt in diesem Gebäude ein Labor, in dem ihr alles findet, was für die Behandlung erforderlich ist. Ich führe euch dorthin."

Die Robottrage schwebte voran. Sie schien genau zu wissen, wo es hinging. Der Terraner hielt die Augen geschlossen und rührte sich nicht. Das Labor lag nur wenige Türen von dem Besprechungsraum entfernt, in dem wir uns getroffen hatten. Ich war beeindruckt. Auf einer Fläche von zehn mal zwölf Metern hatte man die modernsten Geräte der Xenomedik und der Mikrobiologie installiert.

Spezialroboter verhielten reglos, auf künstlichen Schwerefeldern ruhend, und warteten auf die Anweisungen, die wir ihnen erteilen würden.

Die Trage hielt in der Mitte des Raumes an. Thonkarr war in der Nähe der Tür stehengeblieben.

„Erhaltet den Mann am Leben", sagte er streng. „Er ist für uns von überragender Bedeutung. Er darf nicht sterben. Das ist ein Befehl von höchster Stelle."

Er wandte sich um und verließ das Labor. Die Tür schloß sich, und wir waren mit unserem Patienten und den Spezialrobotern allein. Ich fragte mich, was Thonkarr mit der höchsten Stelle gemeint haben könnte.

Bezeichnete er sich selbst so, oder gab es über dem Supremkommando noch eine Instanz, in deren Händen die wahre Autorität lag?

Den Menschen am Leben zu erhalten, war, aus wissenschaftlicher Sicht betrachtet, keine besonders schwierige Aufgabe. Sie erforderte jedoch eine Menge Aufwand. Wir waren mehrere Tage lang beschäftigt. Wir nahmen ihn auseinander, Stück für Stück, und stellten fest, daß das gesamte Körpermaterial progressive Alterserscheinungen aufwies. Wir ersetzten Organe durch syntronische Module. Wir pflanzten synthetische Haut, und wo das nicht mehr wirksam erschien, setzten wir semiorganische Metallfolie auf. Das größte Problem war, das Gehirn zu erhalten. Es hatte unter dem rapiden Alterungsprozeß stark gelitten und bedurfte der Rekonstitution. Es gelang uns, die organische Substanz zu stabilisieren, soweit sie noch stabilisierbar war, und die herkömmlichen Gehirnfunktionen durch die Einbettung syntronischer Mikroelemente wiederzuerwecken.

Bei all diesen Arbeiten waren uns die Spezialroboter eine vorzügliche Hilfe. Sie besaßen eine ausgezeichnete, auf unsere Fachgebiete abgestimmte Programmierung und reagierten auf verbale Befehle, selbst wenn sie oberflächlich oder vage formuliert waren, stets in korrekter Art und Weise. In mir entstand der Verdacht, daß die cantarische Robottechnik womöglich von den Archäonten einen Schub nach vorne bekommen haben könnte. Ich hatte während meiner Ausbildung und später in der Ausübung meines Berufs häufig mit medotechnischen Spezialrobotern zu tun. Aber keiner von ihnen hatte sein Fach so gut verstanden, keiner von ihnen hatte so fehlerfrei mit der Körperstruktur eines artfremden Wesens umgehen können wie die Roboter, die uns hier zur Hand gingen. Da mußten Informationen eingeflossen sein, die von außen kamen.

Ich dachte unwillkürlich an die weisen Herren, von denen Thonkarr gesprochen hatte. Ich dachte auch an den „Befehl von höchster Stelle“. Es war während unserer zwei Monate auf Chadiss offenbar weitaus mehr geschehen, als sich dem Auge auf den ersten Blick darbot.

Nach dem Abschluß der Operation versetzten wir den Terraner in einen Zustand suspendierter Animation, um das Eintreten eines traumatischen Schocks zu verhüten. Wir waren rechtschaffen müde, obwohl wir als Fachkräfte selbstverständlich allesamt mit Mikromeds ausgestattet waren, die uns halfen, drei schlaflose Tage zu überstehen. Mahlzeiten waren uns von Servorobotern gebracht worden; aber am dritten Tag verspürte keiner von uns mehr Appetit. Wir sehnten uns nach Ruhe.

Nachdem wir den Terraner in einen Rekuperationstank gebettet hatten, in dem er vierzehn Stunden später wieder zu sich kommen würde, setzten wir Thonkarr vom Erfolg der Operation in Kenntnis. Er gab sich freundlich und dankbar, und gleich nachdem die Interkom-Verbindung getrennt war, geschah etwas Eigenartiges. Der Interkom ließ sich nicht ausschalten. Eine Stimme war zu hören – dieselbe, wie ich meinte, die ich gehört hatte, als ich angefordert wurde, im Besprechungsraum zu erscheinen. Der Translator schaltete sich ein, und wir verstanden:

„Durch eure Leistung habt ihr bewiesen, daß ihr Fachkräfte ersten Ranges seid. Euch steht eine hervorragende Karriere in unserem Reich bevor.“

Danach desaktivierte sich der Interkom. Wir sahen einander fragend an. Wer war dieses Wesen, das in einer fremden Sprache sprach und trotzdem von „unserem Reich“ redete, als wäre es ein Cantaro? Niemand getraute sich, ein Wort zu sagen. Wir standen alle unter dem Eindruck, daß wir durch geheime Kanäle auf Schritt und Tritt beobachtet würden.

Danach kehrten wir zu unseren Quartieren zurück.

Während der vergangenen drei Tage hatte ich oft an Tichtona gedacht. Es tat mir leid, daß sie zur Operation des Terraners nicht mit herangezogen worden war. Offenbar traute man ihr die erforderliche Facherfahrung noch nicht zu, obwohl Thonkarr mir erklärt hatte, er habe sie aufgrund ihres hervorragenden Wissens zu diesem Unternehmen beordert. Ich hatte in den drei Tagen, wann immer sich eine Möglichkeit gab, über Interkom mit Tichtona gesprochen. Sie wirkte bedrückt. Ich machte mir Sorgen um sie. Als wir das Labor verließen, hatte ich vor, sie sofort aufzusuchen. Aber ich war zu müde. Der Mikromed weigerte sich, mich mit weiteren Aufputschmitteln zu versorgen. Er gab mir zu verstehen, daß ich dringend der Ruhe bedürfe.

Ich begab mich in meine Unterkunft, sank auf das Lager und schlief einen bleiernen, traumlosen Schlaf. Als ich zehn Stunden später wieder zu mir kam, rief ich als erstes Tichtona an. Sie hatte sich Sorge um mich gemacht, jedoch von meinem Servo erfahren, daß mir weiter nichts fehle als der Schlaf. Sie war erfreut, von mir zu hören. Ich erzählte ihr ausführlich von der Operation, die wir an dem Terraner vorgenommen hatten. Ich hatte mich dabei nicht allzu ungeschickt angestellt und dabei ein paar Ideen entwickelt, von denen selbst Experten wie Rekhbrioch, Fimbraich und Josanghatt beeindruckt waren. Ich sprach also mit gehörigem Stolz, und um meinen Worten Gewicht zu verleihen, bat ich Tichtona an, ihr den rekonstituierten Menschen zu zeigen. Vorher allerdings wollte ich ein wenig Hygiene betreiben und meinem knurrenden Magen etwas Nahrung zuführen.

Mir war nicht klar, ob ich einer besonderen Genehmigung bedurfte, um das Labor zu betreten, nachdem unsere Arbeiten schon abgeschlossen waren. Ich kümmerte mich nicht darum. Ich wollte Tichtona zeigen, auf welch vorzügliche Weise wir uns unseres Auftrags entledigt hatten – und bei gleicher Gelegenheit darauf hinweisen, daß ein nicht geringer Teil des Verdienstes mir zustand. Ich holte sie ab. Wir fuhren durch den Antigravschacht ins Erdgeschoß hinunter. Das Gebäude wirkte nahezu verlassen. Die wenigen Cantaro, denen wir begegneten, schenkten uns keine Beachtung. Die Tür des Labors war unbewacht. Sie öffnete sich selbsttätig, nachdem ich mich ihr bis auf zwei Schritte genähert hatte.

Unter der Türöffnung blieb ich stehen. Ich hatte erwartet, ein totenstilles Labor vorzufinden und die Spezialroboter wieder in Wartestellung zu sehen. Vor allen Dingen hatte der Terraner noch in seinem Rekuperationstank zu sein; denn von den vierzehn Stunden, die er im Tank verbringen sollte, waren noch nicht einmal elf vergangen.

Statt dessen sah ich den Menschen, immer noch bewußtlos, auf der Trage liegen, auf der er antransportiert worden war. Zwei Roboter waren mit ihm beschäftigt. Sie hatten seinen Leib zum Teil geöffnet und waren im Begriff, eine Operation vorzunehmen. Zunächst schienen sie meinen und Tichtonas Eintritt nicht zu registrieren. Aber ich war so von Stolz über unsere hervorragende Arbeit erfüllt, daß mich der Zorn packte, als ich die Roboter an unserem fast schon geheilten Patienten herumpfuschen sah. Ich schritt eilends zur Trage hin und fuhr die beiden Maschinen an:

„Was geht hier vor? Was habt ihr mit dem Terraner zu schaffen?“

Tichtona war mir gefolgt, langsam und vorsichtig wie eine, die besser wußte als ich, daß hier Dinge im Gang waren, in die ich mich besser nicht eingemischt hätte.

Einer der Roboter wandte sich mir zu.

„Was hier vorgeht, ist für dich ohne Interesse“, sagte er. „Wir handeln auf höchsten Befehl.“

„*Was* handelt ihr?“ Eine bessere Formulierung fiel mir in meinem Zorn nicht ein.

„Wie gesagt: Es ist für dich ohne Interesse“, erwiderte der Robot. „Ich bitte dich und deine Begleiterin, den Raum zu verlassen.“

Ich spürte Tichtonas Griff an meinem rechten Arm. Sie wollte mich mit sich ziehen. Aber ich war nicht gewillt, mich von einem Roboter in dieser Art und Weise maßregeln zu lassen.

„Ich entscheide selbst, was für mich von Interesse ist und was nicht“, erklärte ich mit Nachdruck. „Und kein Roboter wird mir sagen, wie ich mich zu verhalten habe!“

„Das ist *deine* Entscheidung“, sagte der Robot. „Wir handeln lediglich nach Befehlen, die von einer höheren Ebene kommen.“

Aus den Augenwinkeln gewahrte ich Bewegung. Durch eine Türöffnung, die ich zuvor nicht bemerkt hatte, kam ein weiterer Roboter geglitten. Er gehörte nicht zur Gruppe der medotechnischen Spezialmaschinen. Ich kannte seinen Typ. Er hatte die mit Waffen bestückten Tentakel bereits ausgefahren. Zwei Meter vor mir hielt er an.

„Du und deine Begleiterin“, sagte er mit schlechtmodulierter Stimme, „ihr entfernt euch entweder auf dem schnellsten Weg, oder ich bin gezwungen, euch zu vernichten.“

Tichtona verstärkte den Griff an meinem Arm.

„Auf höheren Befehl?“ versuchte ich zu spotten.

„Auf allerhöchsten Befehl“, antwortete der waffenstarrende Roboter stoisch.

Der Rest des Tages war verdorben. Ich konnte mich nicht auf Tichtona konzentrieren, weil mir dauernd die Frage durch den Kopf ging, was die beiden Spezialroboter mit unserem Patienten zu tun hatten, und Tichtona zitterte noch vor Furcht bei dem Gedanken, was uns hätte geschehen können, wenn ich mich dem bewaffneten Robot gegenüber weiterhin störrisch verhalten hätte. Wir verabschiedeten uns an der Tür ihres Quartiers. Ich kehrte in meine Unterkunft zurück und veranlaßte die Küchenautomatik, mir einen Krug Wein zu spendieren. Das Getränk beruhigte mich ein wenig; aber da waren immer noch zu viele Fragen, als daß sich mein inneres Gleichgewicht hätte wiederherstellen können.

Was geschah mit dem Terraner, den Rekhrioch, Fimbraich, Josanghatt und ich mit viel Mühe vor dem Tod errettet hatten? Warum nahmen die Roboter weitere Eingriffe an seinem Körper vor? Wo befand sich diese höhere oder allerhöchste Ebene, die selbst dem Supremkommando Befehle erteilen konnte? Was war mit uns geschehen? Wir waren gekommen, weil wir erfahren wollten, aus welchen Gründen die Natur in diesem Abschnitt des Universums soviel Unheil angerichtet hatte. Wir waren mit den Blitzern verwechselt und allerseits angefeindet worden. Wir hatten nach der Ursache des Übels gesucht und dabei die Herren der Straßen gefunden, die Archäonten, mit denen unser Volk vor Tausenden von Jahren in inniger Verbindung gestanden hatte. So nahe waren wir den Archäonten gekommen, daß sie uns, als sie sich in die Einsamkeit zurückzogen, die Verwaltung des Netzes der Schwarzen Sternenstraßen übertrugen.

Ich war nicht in Amagorta gewesen. Aber Phamaq und andere, die sich im Innern des Schwarzen Loches aufgehalten hatten, waren voller Bewunderung für die hochentwickelte Technik der Archäonten gewesen. Es war niemals ein Wort darüber gefallen; aber ich hatte als selbstverständlich angenommen, daß die Cantaro einen guten Teil der archäontischen Technik übernommen hätten und dadurch in die Lage geraten wären, wie Thonkarr gesagt hatte, sich zu Beherrschern der Milchstraße aufzuschwingen. Es war alles so logisch gewesen.

Auf einmal hatte die Situation ein ganz anderes Gesicht. Das Supremkommando befehligte die cantarischen Streit- und Zivilkräfte. Das Supremkommando gab sich den Anschein, als sei es in absoluter Kontrolle. Aber seit den jüngsten Ereignissen kam es mir so vor, als gäbe es über dem Supremkommando noch eine weitere Autoritätsebene. Wenn sie ebenfalls mit Cantaro besetzt war, so wäre mir das recht gewesen. Mein Volk wurde, wie schon gesagt, nicht nur vom Wissensdurst, sondern auch vom Ehrgeiz beseelt. Wir hatten ein moralisches Recht, über diese Galaxis zu herrschen.

Warum aber, wenn auf der höchsten Ebene auch Cantaro saßen, hätte Thonkarr mir nichts darüber erzählt? Was hatte die Heimlichtuerei zu bedeuten? Wem gehörte die fremde Stimme, die über Interkom zu mir sprach, obwohl ich das Gerät gar nicht eingeschaltet hatte, und mir Befehle erteilte? Wer war derjenige, von dem, wie der Roboter gesagt hatte, die „allerhöchsten Befehle" kamen?

Ich war intensiv mit meinen Gedanken beschäftigt und hatte syntronische Denkmodule hinzugeschaltet, um den Wust der Informationen besser verarbeiten zu können, als sich, wie schon zuvor geschehen, der Empfänger des Interkoms selbsttätig aktivierte. Wie bei den vorigen Malen war kein Bild zu sehen. Ich kannte die Stimme mittlerweile, die zu mir sprach, und ich wußte jetzt, daß die fremde Sprache, deren sie sich bediente, Interkosmo genannt wurde.

Der Translator schaltete sich ein.

„Du hast angefangen nachzudenken. Das führt zu nichts. Hör auf damit!"

„Wer spricht da?" wollte ich wissen.

„Das tut nichts zur Sache. Wichtig ist allein, was ich dir zu sagen habe. Wißbegierde ist ein nützlicher Charakterzug. Sie ist die Mutter der Forschung, und diese wiederum ist die Mutter der Zivilisation. Neugierde dagegen hat keinen Nutzen. Sie will Zusammenhänge erkennen, die nicht erkennbar sind, oder sie mischt sich in Dinge ein, die den Neugierigen nichts angehen."

„Du hörst dich an wie ein Weiser", spottete ich. „Aber du willst nicht sagen, wer du bist. Warum zeigst du dein Bild nicht?"

„Du wirst mich früh genug zu sehen bekommen", antwortete die Stimme.

Ich war nicht bereit aufzugeben.

„Wer bist du?" fragte ich.

„Ich bin ein Herr der Straßen", kam es aus dem Translator.

4.

Falls Thonkarr davon wußte, warum zwei medotechnische Spezialroboter sich nach gelungener Operation noch mit dem terranischen Patienten beschäftigt hatten, so wollte er sich mir gegenüber darüber nicht auslassen. Er gab sich erstaunt, als ich ihm von meiner Beobachtung berichtete.

„Was sie auch immer mit ihm angestellt haben mögen", sagte er, „hat seinen Genesungsprozeß offenbar nicht behindert. Er hat den Rekuperationstank verlassen und wurde an seinen Arbeitsplatz in der Hauptstadt Terrania zurückgebracht."

Ich sprach von der drohenden Haltung, die die Roboter mir und Tichtona gegenüber eingenommen hatten.

„Das hast du dir selbst zuzuschreiben", tadelte er mich. „Vier Fachkräfte hatten Zutritt zum Labor. Du warst einer von ihnen, aber nicht deine Kharima. Die Roboter waren beauftragt, jeden Unbefugten aus dem Labor zu entfernen."

Ich hätte darauf antworten können, daß ich, der Befugte, derjenige war, den man in erster Linie bedroht hatte. Aber ich spürte, daß Thonkarr über die Dinge, die im Labor geschehen waren, nicht sprechen wollte. Ich verzichtete auch darauf, etwas über den Anruf zu sagen, den ich in meiner Unterkunft bekommen hatte. Es interessierte mich brennend, zu erfahren, wie der Anrufer sich einen Herrn der Straßen hatte nennen können, wo doch seit der Rückkehr der Flotte aus Amagorta bekannt war, daß die Archäonten sich endgültig aus dem kosmischen Geschehen zurückgezogen hatten. Ich hätte von Thonkarr keine Auskunft erhalten. Deutlicher als je zuvor wurde mir bewußt, daß sich hinter dem Supremkommando ein Geheimnis verbarg. Ich war nicht einmal sicher, ob die Supremkommandeure selbst wußten, von wem sie ihre Anweisungen erhielten.

Später, im Lauf des Tages, wurde ich wiederum zu einer Besprechung gerufen, diesmal nicht von der fremden Stimme, die Interkosmo sprach, sondern von Thonkarr selbst beziehungsweise von seinem syntronischen Servo. Diesmal war auch Tichtona geladen, und als wir den Besprechungsraum betraten, war Thonkarr bereits anwesend.

„Ich werde euch heute eure Aufträge erteilen“, begann er. „Diese Aussprache hätte schon vor drei Tagen stattfinden sollen; aber dann kam der Terraner dazwischen, dem man den Zellschwingungsaktivator gestohlen hatte. In diesem Zusammenhang spreche ich euch mein Lob aus. Ihr habt vorzügliche Arbeit geleistet. Galbraith Deighton ist vollständig wiederhergestellt und hat die Arbeit als Oberhaupt der Kosmischen Hanse wieder aufgenommen.“

„Weiß man, wer ihm den Aktivator geraubt hat?“ fragte Fimbraich.

„Wir wissen es nicht“, antwortete der Supremkommandeur. „Aber es ist wichtig, daß Galbraith Deighton in der Öffentlichkeit weiterhin als Zellschwingungsaktivatorträger angesehen wird. Deswegen habe ich eine Gruppe von Feinwerktechnikern den Auftrag erteilt, ein

Faksimile des Aktivators anzufertigen und es dem Terraner auf den Leib zu hängen." Er wandte sich zu mir. „Was womöglich die eigenartigen Beobachtungen erklärt, die einer unserer Experten im Labor gemacht hat."

Ich hatte instinktiv den Eindruck, daß er log. Als ich mit Tichtona das Labor betrat, war dem Terraner nichts um den Leib gehängt worden. Man hatte seinen Körper geöffnet, und die beiden Spezialroboter waren mit einer komplizierten Operation beschäftigt.

„Euer neuer Einsatzbereich ist eine Welt, die von den Terranern auf den Namen Sampson getauft wurde. Es gab früher dort eine aus mehreren Städten bestehende Niederlassung terranischer Siedler, die jedoch seit fast elfhundert Jahren nicht mehr existiert. Sampson eignet sich vorzüglich für unsere Zwecke. Er ist der dritte Planet der Sonne Nizhda, deren Standort sich in einem abgelegenen Raumsektor befindet. Die Blitzer haben nicht den geringsten Anlaß, dort zuzuschlagen.

Auf Sampson werden im Lauf der kommenden Jahre mehrere gentechnische Programme durchgeführt. Unser Augenmerk richtet sich zuerst auf die Züchtung von Hilfsvölkern, die uns im Kampf gegen die Blitzer unterstützen. In zweiter Linie . . ."

„Vergib mir, wenn ich dich unterbreche, Supremkommandeur", sagte Rekhrioch.

Ich zuckte zusammen. So viel hatte ich inzwischen über das Supremkommando gelernt, daß man eines seiner Mitglieder nicht mitten in der Rede unterbrach. Man sah Thonkarr an, daß ihm Rekhriochs Verhalten ganz und gar nicht gefiel. Seine Miene verhärtete sich, und seine Stimme klang rauher als üblich, als er sagte:

„Dieses eine Mal sei's dir erlaubt. Sprich!"

„Der Terror, den die Blitzer verbreiten, überschreitet die Grenzen des Vorstellbaren." Ich bewunderte die Gelassenheit, mit der er sprach. Begriff er nicht, daß er sich durch sein unverschämtes Verhalten den Zorn des Supremkommandeurs herausforderte? „Die Völker dieser Galaxis erleben am eigenen Leib, wie grausam die Blitzer vorgehen. Warum ist es unter diesen Umständen notwendig, Hilfsvölker erst mit Mitteln der Gentechnik zu züchten? Müßten sich nicht sämtliche Zivilisationen der Milchstraße freiwillig auf unsere Seite schlagen, wenn wir ihnen glaubhaft machen können, daß wir gegen die Blitzer Krieg führen?"

„Du übersiehst eines, Rekhrioch." An Thonkarrs Tonfall erkannte ich, daß er den Einwand des Mikrobiologen nicht ernst zu nehmen gedachte. „Die Völker dieser Galaxis identifizieren uns mit den Blitzern. Es bedürfte eines ungeheuren Propagandaaufwands, sie eines Besseren zu belehren. Wesentlich einfacher ist es, durch gentechnische Mittel Geschöpfe zu erzeugen, die sich ohne vorherige Belehrung nach unseren Wünschen richten. Leuchtet dir das ein?"

„Es leuchtet mir ein, Supremkommandeur", antwortete Rekhrioch.

„Also weiter", sagte Thonkarr. „In erster Linie geht es um die Heranzüchtung geeigneter – sprich: kritikloser – Hilfsvölker. Dieser Aufgabe werdet ihr euch widmen: Rekhrioch, Fimbraich, Josanghatt. Auf Sampson sind bereits zahlreiche Wissenschaftler angesiedelt, aus denen ihr Forschungs- und Arbeitsteams bilden könnt. In zweiter Linie geht es darum, unsere eigene Spezies physisch wie geistig zu verbessern, damit nach unserer Generation solche daherkommen, die in körperlicher und mentaler Hinsicht besser geeignet sind als wir, es mit den Blitzern aufzunehmen. Das ist deine Aufgabe, Ghebrokhte, und Tichtona wird dir dabei zur Hand gehen. Euch steht cantarisches Erbmaterial zur Verfügung. Ihr werdet damit verfahren, wie das Supremkommando befiehlt, und eine neue Art von Cantaro heranzüchten: eine Art von überragender Intelligenz, von unüberwindlichem Kampfesmut, von unbezwingbarer körperlicher Stärke.

Euer Schiff startet morgen in der Frühe. Ihr findet alle weiteren Informationen im Speicher eures Interkoms. Das ist alles."

Er wandte sich um und verließ den Raum. Früher hatte ich Achtung und Ehrfurcht für ihn empfunden. Aber in den letzten Tagen hatte er sich zu einem Despoten entwickelt, dem meine Sympathie nicht mehr gelten konnte.

Sampson war eine Welt ungefähr wie Terra. Beim Landeanflug bekamen wir die Ruinen der Städte zu sehen, die im Lauf der Besiedlung von terranischen Kolonisten gebaut und vor knapp elfhundert Jahren aus Gründen, die man heute nicht mehr kannte, aufgegeben worden waren. An anderen Orten waren Bauarbeiten im Gange. Ganze Armeen von Robotern waren damit beschäftigt, die Forschungs- und Produktionsanlagen zu errichten, in denen die gentechnischen Programme des Supremkommandos durchgeführt werden sollten. Fertiggestellt war bisher nur eine einzige Anlage. Sie befand sich auf einer großen Insel nahe der Nordküste des Äquatorialozeans. Dort gab es auch einen Raumhafen von bedeutendem Umfang, auf dem zahlreiche Raumschiffe aller denkbaren Größen und Bautypen abgestellt waren.

Wir wurden von einem hochgewachsenen, breitschultrigen Cantaro empfangen, der sich als Chefadministrator des Forschungsunternehmens Sampson bezeichnete und auf den Namen Klachghann hörte. Er begrüßte uns freundlich, wenn auch mit einer gewissen Art von Arroganz. Die Forschungsanlage bestand aus einem flachem, langgestreckten Gebäude, in dem die Laboratorien untergebracht waren, und mehreren kleinen Bauten, die rings ums Laborgebäude herum angeordnet waren und dem wissenschaftlichen Personal als Unterkünfte dienen sollten. Klachghann hatte seinen Wohnsitz in einem ansehnlichen Haus, das etwas abseits von der Anlage in der Nähe einer Baustelle stand. Ich sah Roboter, die mit der Errichtung mehrerer großer Bauwerke beschäftigt waren.

„Der einzige Teil der Anlage, der noch nicht komplett ist“, erklärte Klachghann stolz. „Eure Arbeiten werden dadurch nicht behindert. Es wird noch einige Zeit vergehen, bis ihr den Aufzuchtkomplex braucht.“

„Aufzuchtkomplex?“ fragte Josanghatt.

„Eure Aufgabe ist, gehorsame Hilfsvölker und genetisch verbesserte Cantaro zu züchten, nicht wahr?“ antwortete Klachghann. „Wenn eure Produkte aus der Retorte gezogen werden, muß man sie irgendwo unterbringen und ihnen eine Ausbildung angedeihen lassen. Dazu dient der Aufzuchtkomplex. Er enthält Quartiere, Schulungseinrichtungen und so weiter. Mit seiner Fertigstellung rechne ich in zwei bis drei Monaten.“

Klachghann war in einem geräumigen Gleiter gekommen. Unser Gepäck wurde verladen. Wir stiegen ein. Der Chefadministrator fuhr uns einmal rings ums Laborgebäude, dann setzte er uns der Reihe nach vor unseren Quartieren ab. Es waren uns fünf nebeneinander liegende Häuser zugewiesen worden, und vor jeder Haustür schwebte ein Dienstroboter, der, wie Klachghann versicherte, uns für die Erledigung der üblichen Hausarbeiten zur freien Verfügung stand. Tichtona und ich wurden als letzte ausgeladen. Als ich ausstieg, erklärte der Administrator:

„Ihr habt ein paar Stunden Zeit, euch einzugewöhnen. Später am Tag möchte ich mit euch eine Führung durch die Laboranlagen machen.“

„Sind außer uns noch andere Wissenschaftler auf Sampson anwesend?“ wollte ich wissen.

„Bis jetzt noch nicht“, antwortete er. „Ihr seid das

Pilotprojekt. Von den Ergebnissen, die ihr erzielt, hängt ab, wie die Projektleitung das weitere Verfahren gestaltet."

„Wer ist die Projektleitung?"

„Das kann ich dir nicht sagen."

Er wirkte recht unsicher und hatte es mit einemmal sehr eilig, sich zu verabschieden. Ich gewann den Eindruck, daß er selbst nicht wußte, wer die Projektleiter waren. Es fügte sich alles in das Schema der Heimlichtuerei und der allgemeinen Ungewißheit, das mir allmählich ernsthafte Sorgen bereitete.

Mein Häuschen war komfortabel eingerichtet. Es besaß alles, was man für ein zivilisiertes Leben brauchte. Vor allen Dingen lag es unmittelbar neben Tichtonas Unterkunft. Der Roboter, der von mir auf den Namen Kroch getauft worden war, hatte zuerst mein Gepäck hereingebracht und sich dann in seine Ruhenische in der Nähe des Haupteingangs zurückgezogen. Dort harrte er meiner Befehle. In jedem Raum befand sich ein Servo, ein kleines, mattleuchtendes Energiegebilde, das irgendwo unter der Decke schwebte und die Anweisungen, die ich erteilen mochte, an den Hauscomputer weiterleitete. Auf diese Weise konnte ich Kroch von jedem Punkt innerhalb des Hauses ansprechen.

Ich beeilte mich mit dem Einrichten und verbrachte danach zwei überaus angenehme Stunden in Tichtonas Haus. Sie hatte mich erwartet. Wir bereiteten uns mit Hilfe der Küchenautomatik eine kleine Mahlzeit, tranken Ahornwein und befleißigten uns der Liebe. Als Klachghann kurze Zeit später anrief und sich meldete, waren wir rechtschaffen müde und hatten eigentlich gar kein Verlangen, uns die Laboranlagen anzusehen. Aber einen Chefadministrator stößt man nicht vor den Kopf. Ich kehrte zu meinem Häuschen zurück. Klachghann brauchte nicht zu erfahren, daß zwischen mir und Tichtona eine enge Beziehung bestand. Nach wenigen

Minuten erschien der Administrator mit seinem Fahrzeug. Er sammelte uns in umgekehrter Reihenfolge auf, wie er uns abgeliefert hatte, und fuhr uns zum Zentrum des Forschungskomplexes.

Die Führung dauerte zwei Stunden und erfüllte uns mit ehrfürchtigem Staunen. Hier war an Geräten und Vorrichtungen das Modernste versammelt, was Xenomedik und Mikrobiologie zu bieten hatten. Einige Apparaturen waren selbst uns unbekannt, wo wir doch meinten, an der Spitze der cantarischen Forschung zu stehen. Wir würden erst lernen müssen, damit umzugehen. Wiederum drängte sich mir der Verdacht auf, daß ich es hier mit Produkten der archäontischen Technik zu tun hatte.

In mehreren Räumen des Gebäudes waren sogenannte Keimbänke eingerichtet worden. Dort gab es Zellmaterial zahlreicher galaktischer Völker sowie cantarische Keimsubstanz. Mit diesen Vorräten würden wir zu arbeiten beginnen. Klachghann versicherte uns, daß die Herbeischaffung weiteren Materials keinerlei Schwierigkeiten bereiten werde.

„Jetzt muß uns nur noch einer sagen, was wir mit der Keimmaterie anfangen sollen“, bemerkte Rekhrioch in seiner mitunter sarkastischen Weise.

Klachghann reagierte wie ein typischer Administrator: verblüfft und ohne eine Spur von Sachkenntnis.

„Wie? Ich dachte, ihr wüßtet über eure Aufgabe Bescheid. Ihr sollt brauchbare Hilfsvölker und bessere Cantaro züchten. Ist euch das nicht klargemacht worden?“

„Das schon“, antwortete Rekhrioch. „Aber nach welchen Spezifikationen?“

„Ich verstehe dich nicht.“

„Wie sollen die Hilfsvölker beschaffen sein – physisch und psychisch? In welcher Weise will man unsere eigene Spezies verbessern? Wir können doch nicht einfach ins Blaue hinein experimentieren!“

Klachghann machte eine Geste der Verlegenheit.

„Ich sehe, was du meinst“, bekannte er. „Aber da kann ich dir nicht helfen. Ich bin der Chefadministrator. Mit der Wissenschaft habe ich nichts zu tun. Die Spezifikationen, wie du sie nennst, wirst du von jemand anderem erhalten.“

„Von wem?“

„Von der Projektleitung, nehme ich an.“

„Wer ist die Projektleitung?“

Da war sie wieder: dieselbe Frage, die auch ich gestellt hatte.

„Darüber kann ich dir keine Auskunft geben“, antwortete Klachghann.

„Kannst du nicht, darfst du nicht oder willst du nicht?“ Rekhrioch konnte mitunter sehr hartnäckig sein.

„Ich kann nicht“, sagte Klachghann und stieß den Atem dabei geräuschvoll durch die gerundete Mundöffnung, um anzudeuten, wie wenig Vergnügen ihm diese Unterhaltung bereitete. „Ich kenne die Projektleitung nicht. Ich weiß nur, daß es sie gibt.“

„Also gut. Man kann dir keinen Vorwurf machen“, lenkte Rekhrioch ein. „Aber bevor wir anfangen zu arbeiten, brauchen wir Anweisungen bezüglich des Zieles, auf das wir hinarbeiten. Vielleicht gibt es irgend jemand, mit dem du dich in Verbindung setzen kannst . . .“

„O nein, so jemanden gibt es nicht“, protestierte Klachghann erschrocken. „Ich habe mich auf meine administrativen Aufgaben zu beschränken. Ich nehme an, daß die Projektleitung weiß, was ihr braucht, und euch beizeiten die gewünschten Informationen zu kommen lassen wird.“

Den Abend verbrachte ich allein in meinem Häuschen. Tichtona hatte sich von Klachghann die Erlaubnis erbeten, im Laborgebäude bleiben und einen Teil des cantarischen Keimmaterials sichten zu dürfen. Ich war verwirrt. Als Thonkarr uns erklärte, was wir auf Sampson zu tun hatten, war mir unsere Aufgabe klar und deutlich erschienen. Aber natürlich hatte Rekhrioch recht: Wir mußten wissen, in welcher Weise wir das vorhandene Genmaterial manipulieren sollten. Man mußte uns ein Ziel geben.

Wer war die Projektleitung? Ich mußte an den Unbekannten denken, der auf Terra über Interkom zu mir gesprochen und sich als einen Herrn der Straßen ausgegeben hatte. Setzte sich die Projektleitung aus Archäonten zusammen? Wurden wir Cantaro wirklich von einem Volk, das – angeblich für immer – von der kosmischen Bühne abgetreten war, am Gängelband geführt? Die Idee, daß die Milchstraße unser privater Machtbereich sein würde, hatte mich im ersten Augenblick begeistert. Allmählich jedoch wurde ich in meiner Überzeugung schwankend. Was nützte uns die Herrschaft, wenn über uns Fremde standen, die uns sagten, was wir zu tun und zu lassen hatten?

Es fiel mir auf, daß die Deckenlampen plötzlich nicht mehr so hell strahlten wie zuvor. Dämmerung erfüllte den Aufenthaltsraum. Ich wollte nach Kroch rufen, weil ich vermutete, daß es irgendein Problem mit der Elektrizitätsversorgung gäbe. Aber bevor ich noch dazu kam, den Servo anzusprechen, projizierte der Interkom eine Bildfläche, auf der ein humanoides Wesen zu sehen war, möglicherweise ein Terraner. In meinem Innern rebellierte etwas. Ich wußte zwar, daß wir inzwischen mit den Terranern zu einer Art Einigung gekommen waren. Die Einzelheiten und Bedingungen des Übereinkommens kannte ich nicht. Und vor allen Dingen: Solange ich nicht auf syntronischen Bewußtseinsmodus umgeschaltet hatte, besaß ich eine Tendenz, die Emotionen mit mir durchgehen zu lassen. Die Terraner, technisch unter-, aber zahlenmäßig überlegen, hatten uns schwere Verluste zugefügt. Sie hatten, bis vor kurzem wenigstens, als der einzige ernstzunehmende Gegner in dieser Galaxis gegolten.

Und jetzt drang einer von ihnen in meine Privatsphäre ein: uneingeladen, unangemeldet. Meine Augen weiteten sich vor Zorn.

„Was willst du?“ bellte ich in die Richtung der Bildfläche.

Der Humanoide verzog das Gesicht zu einer Geste, die die Terraner als Lächeln bezeichnen. Mein Zorn wuchs. Er nahm mich nicht ernst.

„Du wirst Interkosmo lernen müssen, mein Freund“, sagte er. „Die Kommunikation über den Translator ist zu mühselig.“

Er sprach eben in der fremden Sprache, von der die Rede war, ebenso wie der Fremde, der mir auf Terra Anweisungen erteilt hatte. Aber seine Stimme war eine andere. Sie hatte eine eigentümliche Wirkung auf mich. Mein Zorn verflog. Ich hatte plötzlich den Eindruck – nein, die Gewißheit, daß dieser Mensch mir nichts Böses wollte. Er war von einer Aura des Verständnisses und der Freundlichkeit umgeben, der ich mich nicht entziehen konnte. Lediglich der Trotz veranlaßte mich zu antworten:

„Ein Cantaro hat es nicht nötig, die Sprache dieser Galaxis zu erlernen!“

Er lächelte immer noch, und aus meinem Translator kam die Übersetzung seiner Antwort:

„Doch, wenn er es zu etwas bringen will.“

„Wer bist du?“ wollte ich wissen, jetzt schon fast besänftigt.

„Mein Name ist Carol Shmitt“, sagte er. „Ich gehöre der Projektleitung an.“

Mein Erstaunen kannte keine Grenzen.

„Du, ein Terraner – Mitglied der Projektleitung?“ rief ich.

„Hüte dich vor voreiligen Schlüssen“, warnte er mich freundlich. „Wer sagt, daß ich ein Terraner bin?“

„Du siehst wie einer aus“, antwortete ich.

„Die äußere Erscheinung kann täuschen.“ Er stritt nicht direkt ab, ein Terraner zu sein. Er redete um die Sache herum. Aber allein die Möglichkeit, daß er, der Projektleiter, *nicht* dem Volk angehörte, das ich hassen gelernt hatte, beruhigte mich. Carol Shmitt fuhr fort: „Ich bin gekommen, um dir Einzelheiten deines Auftrags zu erklären. Komm zu mir!“

„Wo bist du?“

„Es besteht keine Notwendigkeit, dir das zu erklären“, sagte er. „Sieh die Wand links neben dem Interkom-Empfänger.“

Ich blickte in die angegebene Richtung und erkannte staunend die Umrisse einer Tür, von der ich geschworen hätte, daß sie noch vor ein paar Minuten nicht dagewesen war. Die Beleuchtung war noch weiter gedämpft worden. Die Silhouette der Tür leuchtete in rötlichem Glanz.

„Geh hindurch“, sagte der Projektleiter. „Auf der anderen Seite befindet sich ein Transmitter, der dich unmittelbar zu mir bringt.“

Ich ging auf die geheimnisvolle Tür zu. Sie öffnete sich bereitwillig. Dahinter lag ein kleiner Raum, der weiter nichts enthielt als das leuchtende, torbogenförmige Feld eines Transmitters.

Ich trat durch den leuchtenden Bogen.

Er war wesentlich kleiner als ich. Sein Schädel hatte die Form einer Kugel. Das Gesicht war pausbäckig, die Gesichtshaut von rosiger Färbung. Als ich aus dem Transportfeld des Empfängergeräts trat, sprang er auf und eilte auf mich zu.

„Es freut mich, daß du meiner Aufforderung sofort gefolgt bist“, versicherte er mir.

Ich sah mich um. Ich befand mich in einem mäßig

großen Raum, der nur spärlich mit Mobiliar, dafür um so reichhaltiger mit technischem Gerät ausgestattet war. Irgendwo unter den Geräten war ein Translator verborgen, der die Worte des Projektleiters übersetzte. Die wenigen Möbelstücke entsprachen nicht cantarischem Geschmack. Man hätte sie eher im Haus eines Terraners zu finden erwartet. Das störte mich ein wenig. Aber die Aura, die Carol Shmitt umgab, stimmte mich fröhlich und entspannt.

„Wo bin ich hier?“ fragte ich. Der Translator tat seine Pflicht.

„Im Laborgebäude“, antwortete Carol Shmitt.

„Klachghann hat uns heute nachmittag durchs ganze Gebäude geführt. Diesen Raum habe ich nicht gesehen“, widersprach ich.

„Das wundert mich nicht“, sagte Carol Shmitt und machte eine Geste, die alle vier Wände bestrich. „Siehst du irgendwo eine Tür? Dieser Raum ist der Projektleitung vorbehalten. Er kann nur per Transmitter betreten werden.“

„Der Transmitter in meinem Haus . . .“, begann ich.

„Kann nur von einem Projektleiter aktiviert werden. Wenn du nach unserer Besprechung in deine Behausung zurückkehrst und den kleinen Raum verläßt, in dem der Transmitter das Transportfeld aufbaut, wirst du die Tür, durch die du vorhin gegangen bist, nicht mehr finden. Erst wenn ein Projektleiter nach dir ruft, wird sie wieder vorhanden sein.“

„Wie geht das zu?“ fragte ich erstaunt.

„Frage nicht nach Dingen, die für dich ohne Bedeutung sind“, antwortete er. „Wichtiger ist, daß du von mir erfährst, was die Projektleitung von dir und deinen Mitarbeitern erwartet.“

„Was ist das?“

„Geduld“, mahnte er. „Wir gehen die Sache Schritt für Schritt durch. Das Volk der Cantaro ist dazu bestimmt, diese Galaxis zu beherrschen. Das hat dir Thonkarr bereits erklärt, nicht wahr?"

„Ja."

„Der vorherrschende Phänotyp der Milchstraße ist der Humanoide", fuhr er fort. „Sieh dir Akonen, Arkoniden und Terraner an und alle die Völker, die von ihnen abstammen. Was erblickst du? Humanoide. Also ist es für den, der die Milchstraße beherrschen will, sinnvoll, selbst von humanoider Erscheinungsform zu sein. Verstehst du das?"

„Ich erkenne darin eine gewisse Logik", antwortete ich wahrheitsgemäß. „Aber ich weiß nicht, worauf du hinauswillst."

„Ich werde es dir gleich erklären."

Er rief dem Servo ein Wort zu, das ich nicht verstand, weil der Translator es nicht übersetzte. Insgeheim nahm ich mir vor, dem Rat des Projektleiters zu folgen und Interkosmo zu lernen. Die Beleuchtung dämpfte sich, bis es ringsum fast dunkel war. Eine Videofläche leuchtete auf. Ein Bild entstand. Es zeigte einen Cantaro: voluminösen Schädel mit langgezogenem Hinterkopf, hervorquellenden Augen, kleinem Mund, Tonnenbrust und langen, dünnen Beinen.

„Was ist das?" fragte Carol Shmitt.

„Einer von uns", sagte ich.

„Richtig."

Der Cantaro wanderte auf der Bildfläche ein wenig nach links. Rechts von ihm erschien ein zweites Wesen, ein Humanoide. Der Projektleiter fragte abermals, was das sei, und ich antwortete:

„Ein Terraner."

„Nicht so hastig, mein Freund", warnte Carol Shmitt. Ich war überrascht, daß ich es als angenehm empfand, von ihm Freund genannt zu werden. „Es ist ein Humanoider. Über seine Volkszugehörigkeit können wir nichts aussagen. Achte jetzt auf deinen Artgenossen."

Zunächst konnte ich nichts erkennen; aber dann sah ich, wie der Cantaro sich allmählich veränderte. Der langgezogene Hinterkopf begann zu schrumpfen. Die Augen traten in ihre Höhlen zurück. Der kleine Mund wuchs in die Breite. Der Oberkörper zog sich in die Länge und nahm dabei gleichzeitig an Durchmesser ab. Die Beine wurden kürzer. Der Verwandlungsprozeß nahm mehrere Minuten in Anspruch, dann starrte mir von der linken Bildhälfte ein Wesen entgegen, das sich kaum noch von dem Humanoiden an seiner Seite unterschied. Lediglich die weit auseinanderstehenden Augen, obwohl fast in den Höhlen versunken, wiesen noch auf die cantarische Abstammung hin.

Ich erschrak.

„Du willst . . . ihr wollt die Cantaro genetisch so umwandeln, daß sie wie Terraner aussehen?“ fragte ich entsetzt.

„Du hast einen Terraner-Komplex, mein Freund“, antwortete Carol Shmitt. „Sieh dir das Gesicht an! Wird man es je mit einem terranischen Gesicht verwechseln?“

Da hatte er recht. Die Stellung der Augen verriet den Nicht-Terraner.

„Es geht einzig und allein darum, den Beherrschern der Milchstraße ein humanoides Aussehen zu verleihen“, fuhr der Projektleiter fort. „Natürlich wird sich das nicht in einem Schritt bewerkstelligen lassen. Die Veränderung des Genoms muß schrittweise vorgenommen werden. Eure Aufgabe ist zunächst, im cantarischen Genom die Abschnitte zu definieren, mit denen experimentiert werden muß. Die ersten Aufzuchtversuche dürfen nicht über das Embryonalstadium hinausführen. Die Fetusse werden von der Projektleitung inspiziert. Dann wird eine Entscheidung gefällt, mit welchem der Zuchtprodukte weiterexperimentiert werden soll. Klachghann hat dir deinen Labortrakt zugewiesen?“

„Ja.“

„Du findest alle Angaben, die du fürs erste brauchst, im Datenspeicher deines Laborcomputers. Die Projektleitung wird sich von Zeit zu Zeit nach den Fortschritten deiner Experimente erkundigen und dir dabei weitere Informationen zukommen lassen. Thonkarr hat dich empfohlen. Du bist ein fähiger Wissenschaftler. Wenn dein eigentliches Fachgebiet auch die Xenomedik ist, so wirst du dich deiner Aufgabe doch mit dem gewünschten Erfolg entledigen. Später dann kannst du dich wieder als Xenomediker betätigen."

„Hat die Projektleitung vor, mich zu versetzen?"

„Nein. Aber schon die erste Aufzuchtgeneration wird von den heutigen Cantaro so verschieden sein, daß man sie getrost als fremd bezeichnen kann."

Seine Logik verblüffte mich. Ich wußte nicht zu sagen, ob mir sein Plan gefiel. Aber es war mir unmöglich zu glauben, daß er eine böse oder auch nur unlautere Absicht verfolgte. Er mußte mein Nachdenklichkeit bemerkt haben; denn er erkundigte sich:

„Hast du noch Fragen?"

Meine Reaktion war spontan.

„Kennst du die Herren der Straßen?" wollte ich wissen.

Diesmal war die Reihe, überrascht zu sein, an ihm. Seine kleinen Augen weiteten sich. Ich fürchtete zuerst, er werde mir eine abweisende Antwort geben. Aber er sagte lediglich:

„Warum fragst du? Ich weiß, daß du nicht in Amagorta warst. Aber du hast die Berichte gehört, die darüber abgegeben wurden."

„Auf Terra hat einer, der sich nicht zeigen wollte, zu mir gesprochen und sich als einen Herrn der Straßen ausgegeben. Es fällt mir schwer zu glauben, daß er aus Amagorta gekommen ist. Die Archäonten haben klar ihre Absicht geäußert, sich endgültig aus dem kosmischen Geschehen zurückzuziehen. Es geht sogar das Gerücht, daß sie kollektiven Selbstmord begehen wollten, um zu verhindern, daß auch der Rest ihres Volkes noch zu Blitzern würde."

Man sah ihm an, daß er sich meine Worte gründlich durch den Kopf gehen ließ. Schließlich sagte er:

„Ich verstehe deine Zweifel. Ich kann deine Frage nicht beantworten. Aber ich will mich umhören, und wenn wir einander das nächstemal begegnen, gebe ich dir Bescheid."

Das erschien mir fair genug. Ich dankte ihm.

„Jetzt geh zur Ruhe", forderte er mich auf. „Ich möchte, daß du morgen mit deiner Arbeit beginnst."

„Wann werde ich dich wiedersehen?" fragte ich.

„Das weiß ich nicht. Sobald es die Entwicklung deiner Experimente erfordert."

Er wies in Richtung des leuchtenden Transmitterfelds. Ich war entlassen. Kurz entschlossen trat ich durch den Torbogen und fand mich noch im selben Augenblick in meinem Haus wieder, in der Kammer, von deren Existenz ich bisher nichts gewußt hatte. Ich schritt durch die Tür und hörte hinter mir einen knisternden, knirschenden Laut. Als ich mich umwandte, war die Tür verschwunden, und soviel Mühe ich mir auch gab, sie wiederzufinden: Es war gerade so, als hätte es nie eine Tür gegeben.

5.

Die nächsten Jahre waren eigentlich eine glückliche Zeit – bis das grausame Erwachen kam. Tichtona und ich arbeiteten zusammen. Wir arbeiteten an dem, was uns Spaß machte – darauf lief es hinaus. Wir liebten uns, und möglichst viele von den freien Stunden, die uns zur Verfügung standen, verbrachten wir zusammen.

Wir lernten Interkosmo. Mit Hilfe der hypno-suggestiven Schulungsmethoden, die uns zur Verfügung standen, dauerte es noch nicht einmal vier Tage; dann waren wir in der fremden Sprache, die unseren Stimmwerkzeugen Schwierigkeiten bereitete, so perfekt, wie es ein Cantaro jemals werden konnte.

Auf Sampson wurde gebaut, als wäre die Projektleitung darauf aus, ganze Hilfsvölkerarmeen in kürzester Zeit aus dem Boden zu stampfen. In vielen bewohnbaren Gegenden des Planeten entstanden Brutfabriken und Aufzuchtkomplexe. Die Bevölkerung Sampsons wuchs monatlich, und unter den Forschern, Wissenschaftlern und Technikern, die sich hier ansiedelten, waren viele der Besten unseres Volkes.

Im Jahr 495 der hiesigen Zeitrechnung erfuhren wir, daß die beiden Wälle rings um die Milchstraße endgültig geschlossen waren. Kein Blitzer konnte diese Galaxis mehr verlassen. Allerdings waren auch die harmlosen Besucher ausgesperrt, die von draußen hätten hereinkommen wollen. Die Milchstraße hatte sich in eine Art kosmisches Konzentrationslager verwandelt. Niemand durfte hinaus, keiner kam herein. Eine Ausnahme bildeten lediglich die cantarischen Spezialeinheiten, die nach den Vorgaben der Archäonten mit Neutralisatoren ausgestattet worden waren. Diese Geräte ermöglichten es ihnen, die beiden Wälle zu durchdringen. Eine solche Möglichkeit *mußte* es geben; denn wir waren darauf angewiesen zu wissen, was außerhalb der Milchstraße vor sich ging.

Über den Großen Krieg bekamen wir wenig zu hören, außer daß er nach wie vor inner- und außerhalb der Milchstraße tobte. Die Kosmische Katastrophe hatte die Bewußtseine der organischen Intelligenzen verwirrt und sie den Wert und die Vorteile des friedlichen Mit- oder Nebeneinanderlebens vergessen lassen. Aber der Krieg interessierte uns auf Sampson nur wenig. Unsere Welt befand sich in einer Friedenszone, die von den endlosen Kämpfen und Raumschlachten verschont blieb. Wir waren uns darüber im klaren, daß wir uns beeilen mußten, wenn unsere Arbeit überhaupt einen Sinn haben sollte. Die Züchtungen, die wir produzieren sollten, waren dazu gedacht, die Blitzer zu bekämpfen. Die Blitzer aber würden in naher Zukunft, wie die Archäonten meinem Volk versichert hatten, infolge ihres Wahnsinns sterben. Schon kamen die ersten Nachrichten, daß die Aktivität der Blitzer nachzulassen beginne.

Wenn die Bitzer starben, bevor wir eine ausreichende Menge an kampfwilligen Hilfsvölkern und genetisch verbesserten Cantaro hergestellt hatten, wozu wäre unsere Mühe gut gewesen?

Was mir auffiel, war, daß wir in all diesen Jahren zwar in mehr oder weniger regelmäßigen Abständen Mitglieder der Projektleitung, aber nie einen Supremkommandeur zu sehen bekamen. Das Supremkommando schien uns vergessen zu haben und überließ die Aufsicht über unsere Forschungen und Experimente den Projektleitern. Inzwischen hatte ich herausbekommen, daß es insgesamt acht Projektleiter gab. Sie sahen alle aus wie Terraner; aber wenn man sie darauf ansprach, antworteten sie ohne Ausnahme in derselben Weise wie damals Carol Shmitt: „Hüte dich vor voreiligen Schlüssen. Wer sagt, daß ich ein Terraner bin?“ Sie hatten Namen wie Ager Catomen, Simedon Myrrho, Endehar Roff, Remin Killian, Wello Banir, Farlon Stretter, Dorian Waiken und selbstverständlich Carol Shmitt. Sie sahen also nicht nur wie Terraner aus, sie hießen auch wie solche! In manchen einsamen Nächten, wenn ich wach lag und über mein Schicksal nachdachte, bereitete mir das Unbehagen. Aber wenn ich dann wieder einem Projektleiter gegenüberstand, schwand mein Mißtrauen binnen einer Sekunde. Sie waren alle von derselben Aura der Freundlichkeit und des Verständnisses umgeben, die ich zum erstenmal an Carol Shmitt bemerkt hatte. Es war unmöglich, sie nicht für ehrlich, aufrichtig und vertrauenswürdig zu halten. Ich hatte während meiner Zeit an

Bord der GHORR-E-KHABRACH mehrere Terraner kennengelernt, die während des einen oder anderen Scharmützels gefangengenommen worden waren. Sie waren störrisch, aggressiv und aufsässig. Wir töteten sie alle. Sie hatten keine Spur der Freundlichkeit an sich, die die Projektleiter ausstrahlten. Daher rang ich mich allmählich zu der Überzeugung durch, daß die Mitglieder der Projektleitung tatsächlich keine Terraner waren.

Tichtona und ich arbeiteten, wie wir ursprünglich von Carol Shmitt angewiesen worden waren. Der Datenspeicher des Laborcomputers enthielt wertvolle Hinweise und Informationen. Wir begannen, die Genfragmente zu identifizieren, die für die Einzelheiten des cantarischen Körperbaus verantwortlich waren. Unsere Wissenschaft hatte sich schon jahrhundertelang mit Genetik und Mikrobiologie beschäftigt. Dennoch waren die Funktionen der einzelnen Gene des cantarischen Körpers bislang nur bruchstückweise bekannt. In der Vergangenheit hatte man sich hauptsächlich mit den Möglichkeiten der Krankheitsverhütung und der Verbesserung der Gehirntätigkeit beschäftigt. Es waren auch Experimente angestellt worden, die darauf abzielten, eine Stärkung der Muskelstruktur herbeizuführen. Aber welche Gene dafür verantwortlich waren, daß die Cantaro langgezogene Schädel, tonnenförmige Leiber und lange Beine hatten, dafür hatte sich nie jemand interessiert.

Unsere Arbeit war daher recht mühselig. Das Keimmaterial, das uns zur Verfügung stand, stammte von mehr als zehntausend Individuen. Von jedem lag uns eine genaue Beschreibung vor. Da gab es solche mit nicht ganz so langgezogenen Schädeln und andere mit extrem ausgedehnten Hinterköpfen. Kurze und lange Beine waren vertreten, ebenso aufgewölbte und schlanke Leiber. Indem wir die Genmuster der vom Durchschnitt abweichenden Individuen miteinander verglichen, gelang es uns, von den Genen, die nach dem Willen der

Projektleitung zu manipulieren waren, eines nach dem anderen zu identifizieren. Aber, wie gesagt: Es war eine mühselige Arbeit, die sich über mehrere Jahre dahinzog.

Dennoch waren die Projektleiter, die uns hin und wieder besuchten, mit unserem Fortschritt zufrieden. Sie lobten unsere Forschungsergebnisse und bestätigten uns, daß sie den richtigen Griff getan hätten, als sie Tichtona und mich auf dieses Projekt ansetzten.

Von Fimbraich, Josanghatt und Rekhrioch hörte man, daß sie ebenfalls erfolgreich waren. Wir hatten wenig gesellschaftlichen Kontakt miteinander. Den dreien waren inzwischen ebenfalls Mitarbeiter zugeteilt worden, und unter den weiblichen Mitgliedern ihres Stabes hatte sich jeder eine Kharima ausgesucht. Wir trafen uns manchmal in dem mit Servierautomatiken ausgestatteten Speiseraum des Laborgebäudes. Dann tauschten wir Informationen über unsere Projekte aus. Jeder der drei hatte inzwischen ein Milchstraßenvolk identifiziert, das sich nach seiner Ansicht zur gentechnischen Manipulation eignete. In Kürze würden sie mit der Produktion der ersten Klone beginnen. Die Projektleitung war informiert, daß sie in drei bis vier Monaten mit der Vorführung der ersten embryonalen Zuchtprodukte rechnen könne.

Auch Tichtona und ich waren mit unseren Studien so weit gediehen, daß wir den ersten Zuchtversuch unternehmen konnten. Beim nächsten Besuch eines Projektleiters wollten wir ihm dies mitteilen. Die Mitglieder der Projektleitung ließen sich in letzter Zeit häufiger auf Sampson sehen. Das hatte damit zu tun, daß sich die Phase der Forschung dem Ende näherte und bald ins Stadium der Entwicklung eintreten würde. Anfangs waren sie nur zwei- bis dreimal im Jahr erschienen. Aber jetzt kamen sie einmal im Monat.

So war der Stand der Dinge um die Mitte des Jahres 496. (Wir folgten auf Sampson der neuen Galaktischen Zeitrechnung, deren Grundlage das terranische Standardjahr war.) Von den neun Forschungsstätten, die insgesamt auf Sampson errichtet werden sollten, waren sechs bereits fertiggestellt und in Betrieb. Natürlich stand der Aufzuchtkomplex, von dem Klachghann am Tage unserer Ankunft gesprochen hatte, schon seit langem.

Bevor ich aber mit der Schilderung der nachfolgenden Ereignisse beginne, muß ich noch auf ein Geschehnis zu sprechen kommen, das sich im Jahr 493 abpsielte.

Ich hatte Carol Shmitt seit jener ersten Begegnung kurz nach unserer Ankunft nicht mehr zu sehen bekommen. Das war, wie gesagt, die Zeit, in der die Projektleiter Sampson nur zwei- bis dreimal im Jahr besuchten. Ich war immer noch fasziniert von dem Geheimnis der Herren der Straßen, über das Shmitt hatte Erkundigungen einziehen wollen. Aber im Lauf der Monate ließ mein Interesse allmählich nach. Derjenige, der auf Terra zu mir gesprochen und mir Befehle erteilt hatte, berührte mein Leben nicht mehr. Was kümmerte mich, wer er in Wirklichkeit war?

Meine Wißbegierde zielte damals, im Jahr 493, in andere Richtung. Die Mitglieder der Projektleitung erschienen unangemeldet. Ich hatte noch keines von ihnen außerhalb des Raumes gesehen, in den ich damals von Carol Shmitt gerufen worden war. Wenn ein Projektleiter mich zu sprechen wünschte, dann sprach er mich über Interkom an, und die Tür zu der kleinen Transmitterkammer wurde wieder sichtbar.

Natürlich hatte ich inzwischen versucht herauszufinden, wie es möglich war, daß die Tür nur während des Besuchs eines Projektleiters existierte, sonst aber nicht. Ich hatte mir aus dem Labor Geräte besorgt, mit denen ich die Wand zu durchleuchten versuchte, um die Kammer und den daran angeschlossenen Transmitter zu finden. Es war alles vergebens. Das Mauerwerk war solide und ohne Lücke. Ich stand hier vor einem Rätsel, dessen Lösung wohl darin liegen mußte, daß die Projektleitung über eine Technik verfügte, die der, mit der wir tagaus, tagein arbeiteten, haushoch überlegen war.

Eines Tages besuchte Klachghann das Laborgebäude. Ich hatte ihn schon lange sprechen wollen. Aber jedesmal, wenn ich mich mit ihm in Verbindung zu setzen versuchte, erfuhr ich von seinem Servo, daß er entweder unterwegs oder in einer wichtigen Besprechung sei. Einmal erklärte der Servo sogar ganz offen, der Chefadministrator habe sich mit seiner Kharima in den rückwärtigen Teil des Hauses zurückgezogen und dürfte nicht gestört werden.

Als er unser Labor betrat und sich nach dem Fortgang unserer Versuche erkundigte, da stand ich ihm zunächst Rede und Antwort. Er wirkte zufrieden. Als er sich zum Gehen wandte, sagte ich:

„Ich habe eine Frage, Klachghann."

Er blieb stehen und sah mich an. Unbehagen glomm in seinen weit hervorquellenden Augen.

„Immer, wenn du mir eine Frage stellen willst, bekomme ich Angst", behauptete er.

Das war spöttisch gemeint. Ein Cantaro, der sein Bewußtsein auf syntronischen Betrieb umstellen kann, kennt keine Angst.

„Es ist nichts Besonderes", versuchte ich ihn zu beruhigen. „Ich möchte wissen, wo die Projektleitung ihr Quartier hat. Wohnen die Projektleiter hier auf Sampson?"

„Siehst du? Schon wieder eine Frage, die ich nicht beantworten kann", rief er. „Ich weiß nicht, wo sich das Hauptquartier der Projektleitung befindet. Ich nehme nicht an, daß es auf Sampson liegt. Ich weiß auch nur sehr selten, wann sich ein Projektleiter auf Sampson aufhält. Mit dem Chefadministrator hat die Projektleitung offenbar wenig im Sinn. Sie interessiert sich nur für die Arbeiten der Wissenschaftler und Techniker."

Dabei mußte ich es bewenden lassen. Ich hatte keinen Anlaß, an Klachghanns Aufrichtigkeit zu zweifeln. Die gesamte Hierarchie dieses Unternehmens war auf dem Prinzip der Geheimhaltung aufgebaut. Jedermann wußte nur gerade so viel, wie er für die Ausübung seiner Pflicht zu wissen brauchte. Die Kenntnis, wo sich das Hauptquartier der Projektleitung befand, gehörte nicht zu den Informationen, die ich für die Aufzucht einer neuen Generation Cantaro brauchte.

Zuerst hielt ich es für Zufall, daß ausgerechnet an diesem Abend mein Interkom eine Bildfläche projizierte und mir Carol Shmitts rosiges Gesicht zeigte. Es war wie bei der ersten Begegnung: Ich war augenblicklich in der Aura der Freundlichkeit, die von dem kleingewachsenen, kugelköpfigen Wesen ausging, gefangen. Carol Shmitt hatte sein terranisches Lächeln aufgesetzt und sagte:

„Ich habe mit dir zu sprechen. Komm auf dem üblichen Weg."

Die Beleuchtung war schwächer geworden. Ich sah den rötlich glühenden Umriß der Tür. Den Raum, in dem der Projektleiter auf mich wartete, fand ich unverändert vor. Ich war vor einem Standardjahr zum letztenmal hiergewesen und hatte Farlon Stretter über den Fortschritt unseres Projekts berichtet. Diesmal blieb Carol Shmitt sitzen. Er eilte nicht auf mich zu. Das Lächeln war von seinem Gesicht verschwunden.

„Ich habe erfahren, daß du dich dafür interessierst, wo sich das Hauptquartier der Projektleitung befindet", begann er.

Ich war verblüfft. Es lag noch keine drei Stunden zurück, daß ich mich mit Klachghann unterhalten hatte. Wie konnte Carol Shmitt von meiner Frage wissen, wo Klachghann sich eben noch halb beleidigt darüber beschwert hatte, daß die Projektleiter sich um den Chefadministrator kaum kümmerten.

„Das ist wahr", antwortete ich.

„Es gibt Dinge, die dich nicht zu interessieren haben", sagte Carol Shmitt. „Und dafür existiert ein triftiger Grund. Wir haben Feinde in dieser Galaxis, und wenn einer von uns ihnen in die Hände fällt, dann stehen ihnen Möglichkeiten zur Verfügung, alle Informationen, die er besitzt, aus ihm herauszuquetschen. Verstehst du das?"

„Ich verstehe das."

„Die Projektleitung hat keinen festen Sitz. Sie ist überall und nirgends. Die Projektleitung hat die Pflicht, die Nation der Cantaro in eine Lage zu versetzen, in der sie die Herrschaft über diese Galaxis antreten kann. Die Projektleitung darf niemals in Gefahr geraten. Sie führt die Aufsicht über zahlreiche Brutwelten, die wie Sampson ausgestattet sind und auf denen wie auf Sampson gearbeitet wird. Erst wenn wir neue Cantaro-Generationen und eine ausreichende Anzahl von Hilfsvölkern gezüchtet haben, werden wir in der Lage sein, uns zu Herrschern der Milchstraße aufzuschwingen."

Ich war beeindruckt. Er sprach von „uns". War er etwa auch ein Cantaro? Wie hätte er es sein können, mit dem Aussehen eines Terraners. Wirre Gedanken schossen mir durch den Kopf. Hatte die Entwicklung, an der wir jetzt arbeiteten, schon einmal stattgefunden? Als Carol Shmitt mir bei seinem ersten Besuch erklärt hatte, wie das Endprodukt unserer Bemühungen auszusehen hatte, war ich entsetzt über das terranisch-humanoide Aussehen der geplanten neuen Cantaro-Spezies gewesen. Der Projektleiter hatte von mehreren Brutwelten gesprochen, die von ihm und seinesgleichen betreut wurden. War man womöglich dort schon weiter fortgeschritten? War Carol Shmitt das Endprodukt der Entwicklungsserie, die wir hier auf Sampson erst mühsam aufzubauen versuchten?

Ich spürte, wie mein Verstand sich verwirrte, und

schaltete die syntronischen Bewußtseinsmodule hinzu. Augenblicklich wurde ich ruhig. Ich hatte, während ich meinen wild rotierenden Gedanken nachhing, kaum auf Carol Shmitt geachtet. Als ich jetzt aufsah, hatte er wieder zu lächeln begonnen.

„Setz dich", forderte er mich freundlich auf. „Ich habe dir den Sachverhalt erklärt, du hast ihn verstanden, und jetzt wollen wir über etwas anderes sprechen."

Ich zwängte mich gehorsam in eines der unbequemen, terranisch anmutenden Sitzmöbel.

„Als wir das letztemal miteinander sprachen, unterhielten wir uns über die Herren der Straßen", sagte er. „Du äußertest Zweifel, daß es sich um ehemalige Bewohner von Amagorta handeln könne. Ich versprach dir, daß ich Erkundigungen einziehen würde. Das habe ich getan. Deine Zweifel sind berechtigt. Die Herren der Straßen, mit denen wir es jetzt zu tun haben, sind *nicht* mit den Archäonten identisch."

„Wer sind sie dann?" fragte ich verwundert.

„Das konnte ich nicht herausfinden", antwortete Carol Shmitt. „Sie bilden die höchste Befehlsebene des cantarischen Volkes und haben ihren Sitz im Solsystem, wahrscheinlich nicht auf Terra, weil sie dort zu gefährdet wären, sondern auf einem der anderen Planeten oder Monde."

„Sind sie Cantaro?" wollte ich wissen.

„Sie stehen über dem Supremkommando. Was sollten sie sonst sein?"

„Derjenige, der mir vor zweieinhalb Jahren auf Terra Befehle erteilte, sprach Interkosmo", protestierte ich. „Warum sollte ein Cantaro dem andern gegenüber sich einer fremden Sprache bedienen, deren Laute für unsere Stimmorgane obendrein noch schwierig zu formen sind?"

„Sprichst du nicht auch Interkosmo?" spottete er.

„Ja, aber . . ."

„Kein Aber! Wer über diese Galaxis herrschen will,

muß ihre Sprache sprechen. Die weisen Herren haben das rechtzeitig erkannt."

Hätte mein Bewußtsein nicht mit syntronischer Stützung gearbeitet, dann wären mir jetzt vor Staunen die Augen übergelaufen. Hatte ich nicht den Supremkommandeur Thonkarr einmal einen weisen Herrn nennen wollen, und hatte er mich nicht zurechtgewiesen, dieser Titel sei anderen vorbehalten? Ich blieb ruhig. Solange die syntronischen Module aktiv waren, konnte mich fast nichts verwirren.

„Die weisen Herren", wiederholte ich. „Nennen sie sich so?"

„Das ist ihr Titel", bestätigte Carol Shmitt.

„Und sie sind Cantaro?"

„Eine andere Möglichkeit gibt es nicht."

Eine kurze Zeitlang herrschte Schweigen. Dann begann der Projektleiter von neuem:

„Ich bin über den Fortschritt deines Projekts bestens informiert und habe daher heute keine Fragen zu stellen. Ich bin lediglich hierhergekommen, um deine Frage nach den Herren der Straßen zu beantworten. Du kannst jetzt gehen."

Ich sprach meinen Dank aus, dann benützte ich den Transmitter, um zu meinem Haus zurückzukehren. Zu Hause schaltete ich die syntronischen Bewußtseinsmodule aus, und sofort setzte die Benommenheit ein.

Ich verstand die Welt nicht mehr.

Das also war im Jahr 493. Nachdem Tichtona und ich drei Jahre später die Projektleitung darüber in Kenntnis gesetzt hatten, daß wir bereit waren, mit der Produktion zu beginnen, vergingen noch zwei Jahre, bis wir die Erlaubnis erhielten den ersten Cantaro der neuen Generation bis zur Reife in der Retorte heranwachsen zu lassen. In der Zwischenzeit hatten wir den Projektleitern zahlreiche embryonale Produkte vorgelegt. Ich weiß nicht, wo sie sie analysierten und welche Analysemethoden sie benützten. Ich kenne nicht einmal die Kriterien, nach denen entschieden wurde, daß der eine Züchtling brauchbar, der andere unbrauchbar war. Langsam näherten wir uns dem Ziel, und im Spätjahr 498 nahmen wir die erste Kombination zweier genmanipulierter Keimzellen vor. Die Brutzeit war auf acht Wochen angesetzt. Danach würden wir ein lebensfähiges Kleinstwesen aus der Retorte ziehen. Das Genmaterial war so hergerichtet worden, daß das neue Geschöpf sich im Lauf von 18 bis 20 Monaten zum erwachsenen Cantaro heranbilden würde. Während dieser Zeit lebte er unter Tichtonas und meiner Obhut in einem besonders hergerichteten Quartier im Laborgebäude. In den Aufzuchtkomplex würden unsere Zöglinge erst überführt werden, wenn die Projektleitung unser erstes, immer noch experimentelles Produkt für gut befunden und die Massenproduktion begonnen hatte.

Das Heranwachsen des Embryos wurde von Spezialrobotern überwacht. Wir hätten damit eigentlich wenig zu tun gehabt und uns darauf beschränken können, hin und wieder nach dem Rechten zu sehen. Aber uns beiden war noch in deutlicher Erinnerung, wie wir zwei Roboter beim Herumpfuschen an dem Terraner Galbraith Deighton überrascht hatten. Also absolvierten wir unsere übliche Dienstzeit im Labor und achteten dabei scharf darauf, was die Roboter taten. Es geschah nichts Verdächtiges. Was sich freilich abspielte, wenn wir uns in unsere Behausungen zurückgezogen hatten, das ließ sich nicht abschätzen.

Der Brutprozeß verlief, soweit Tichtona und ich es beurteilen konnten, ohne Zwischenfall. Nachdem das Kleinstwesen aus der Retorte gezogen war, wurden ihm die von der Projektleitung vorgeschriebenen Mikromodule eingesetzt. Sie waren Produkte der modernsten Technik. Keines besaß Abmessungen von mehr als einem

Millimeter. Sie waren in eine syntheto-organische Substanz gehüllt, die verhinderte, daß die Module von dem in raschem Wachstum begriffenen natürlichen Gewebe des Neugeborenen abgestoßen würden.

Mir fiel auf, daß die Roboter unserem Zögling eine wesentlich größere Zahl von Modulen einpflanzten, als sie ein Cantaro meiner Generation mit sich herumtrug. Die Mikrogeräte waren uns von der Projektleitung geliefert worden. Wir kannten ihre Funktionen nicht, und als wir versuchten, eines von ihnen zu analysieren, da zerfiel es uns unter den Fingern. Danach verzichteten wir darauf, an den winzigen Dingen weiter herumzuexperimentieren, und waren bereit zu glauben, daß die freundlichen, verständnisvollen Mitglieder der Projektleitung keinem von uns Cantaro etwas Übles wollten.

Unser Sproß war ein kräftiges, gesundes Kleinstwesen männlichen Geschlechts. Tichtona taufte ihn auf den Namen Pucht. Später, wenn er herangewachsen und seine Ausbildung abgeschlossen war, würde er einen vollen Namen erhalten, wie es sich für einen erwachsenen Cantaro gehörte: Krapucht, Puchthar oder etwas Ähnliches. Er unterschied sich deutlich von einem neugeborenen Cantaro meiner Generation. Sein Schädel besaß einen wenig ausgeprägten Hinterkopf. Seine Augen quollen kaum merklich aus den Höhlen hervor. Der Mund wirkte in die Breite gezogen. Die Beine waren kurz und stämmig. Der tonnenförmige Leib allerdings war nach wie vor vorhanden. Daran hatten wir auf Anweisung der Projektleitung nichts verändern dürfen. Mit der Modifizierung der Leibesform sollte erst in der fünften Zuchtgeneration begonnen werden. Das Motiv, das dieser Entscheidung zugrunde lag, war uns unbekannt.

Während des Heranwachsens in der Retorte war Pucht von einer ganzen Batterie von Meßgeräten beobachtet und analysiert worden. Uns stand ein riesiger Datenberg zur Verfügung, anhand dessen wir jede Sekunde des

Gestationsprozesses nachvollziehen konnten. Diese Informationen waren wichtig für uns; denn wir wollten uns überzeugen, daß Puchts Entwicklung sich tatsächlich so vollzogen hatte, wie es von uns geplant war.

Wir folgten dem Roboter, der Pucht in den Großwerde-Raum brachte, wie wir ihn genannt hatten. Der Raum war für die Bedürfnisse eines Neugeborenen hergerichtet. Die Versorgung der Kleinstwesen oblag dem Roboter, der jedoch an unsere Weisungen gebunden war. Tichtona und ich würden von jetzt an einen guten Teil unserer Arbeitszeit in diesem Raum verbringen und Pucht heranwachsen sehen. Er würde schnell groß werden. Die genetische Programmierung sah vor, daß er im Lauf eines Monats annähernd dieselbe Entwicklung durchmachte wie ein Neugeborens meiner Generation in einem Jahr. Darauf hatte die Projektleitung Wert gelegt. Sie wollte ihr Ziel – mit anderen Worten: den quasi-humanoiden Cantaro, den Carol Shmitt mir bei unserer ersten Begegnung im Bild vorgeführt hatte, so rasch wie möglich erreichen. Wenn Pucht den Zustand körperlicher Reife erreicht hatte, sorgte die Programmierung des Genoms dafür, daß die Erzeugung gewisser wachstumsfördernder Enzyme abgeschaltet wurde. Von da an würde er nicht rascher altern als seine Artgenossen der vorangegangenen Generation.

Seine Ausbildung würde in einem halben Monat beginnen. Ein guter Teil der Ausstattung des Großwerde-Raums bestand aus Schulungsgeräten, die auf hypno-suggestiver Basis arbeiteten. Er würde schnell lernen.

Tichtona und ich waren stolz auf unser Produkt. Als die Nacht hereinbrach, gingen wir nach Hause und liebten uns, als läge unser Ehrgeiz darin, einen zweiten Pucht zu erzeugen – nicht aus der Retorte gezogen, sondern im Mutterleib ausgetragen, wie es unter unseren Vorfahren vor langer Zeit Sitte gewesen war.

Alles nur ein Traum, natürlich. Unsere Fruchtbarkeitsmodule sorgten dafür, daß der Akt der Liebe ohne Folgen bleiben würde.

Am nächsten Tag erschien der Projektleiter Wello Banir und rief mich zu sich. Neben Carol Shmitt war er für mich das sympathischste Mitglied der Projektleitung. Sie hatten zwar alle acht die Aura der Freundlichkeit und des Verständnisses; aber bei manchen bemerkte man auch eine Spur von Arroganz, von Herrschsucht oder dem Verlangen, die eigene Überlegenheit mit jeder Bemerkung zu Schau zu stellen.

Wello Banir empfing mich in dem Raum, den ich von zwei Dutzend Besuchen her nun schon bestens kannte.

„Ich habe euer Produkt gesehen und inspiziert", eröffnete er die Unterhaltung. „Es entspricht unseren Ewartungen. Dir und deiner Mitarbeiterin gelten unser Lob und unsere Anerkennung."

„Ich danke dir", antwortete ich mit der gebotenen Bescheidenheit. „Du warst in dem Raum, in dem Pucht untergebracht ist?"

„Pucht?" fragte er verwundert.

„So haben wir ihn genannt."

Ein merkwürdiger Ausdruck entstand auf seinem Gesicht. Er sah an mir vorbei, und ein paar Sekunden lang hatte ich das Gefühl, er fände wenig Gefallen an der Wendung, die das Gespräch durch meine Äußerung genommen hatte. Tatsächlich klang er sehr ernst, als er wieder zu sprechen begann.

„Niemand wird dir übelnehmen, daß du eine Art persönlicher Zuneigung zum ersten Produkt deines Zuchtexperiments entwickelst. Aber ich warne dich: Laß das Gefühl nicht überhandnehmen. Schalte deine syntronischen Bewußtseinsmodule hinzu und mach dir klar, daß es sich hier zwar um cantarische Individuen, aber nichtsdestoweniger um Zuchtprodukte handelt, die allein in der Absicht geschaffen wurden, die Cantaro zu Beherrschern der Milchstraße zu machen. Jetzt hast du Pucht. In wenigen Monaten wirst du Hunderte, Tausende von Cantaro der zweiten Generation aus der Retorte ziehen. Wirst du zu jedem eine persönliche Beziehung entwickeln?"

Ich sah meinen Fehler ein. Was Tichtona und ich für Pucht empfanden, war falsch. Wir waren Wissenschaftler, die einen Auftrag zu erfüllen hatten, kein „Paar", das mit seinem ersten Sprößling eine „Familie" gründen wollte.

Ich sagte, was ich empfand, und Wello Banir schien befriedigt.

„Um deine frühere Frage zu beantworten", sagte er: „Nein, ich war nicht im Raum des Zuchtprodukts." Er machte eine Geste, die das Heer der technischen Geräte umfaßte. „Ich kann mich von hier aus überzeugen, daß ihr Vorzügliches geleistet habt."

„Wann soll mit der Produktion begonnen werden?" fragte ich.

„Man wird dir Bescheid geben", antwortete er. „Ich habe zahlreiche Daten, die ausgewertet werden müssen, bevor man die endgültige Entscheidung trifft. Du kannst dich auf die Projektleitung verlassen. Einer von uns ist stets zur Stelle, wenn du Informationen brauchst. Jetzt geh nach Hause."

Das tat ich. Ich versuchte, Tichtona zu erreichen, aber sie war im Labor, wie mir ihr Servo versicherte. Bei der Arbeit wollte ich sie nicht stören. Ich ließ Kroch mir eine kleine Mahlzeit zubereiten und machte mich über den Hauscomputer, der mit dem Computersystem des Labors in Verbindung stand, an die Sichtung der Daten, die wir für unser nächstes Aufzuchtexperiment brauchten.

Ich hatte den ersten Bissen noch nicht im Mund, da meldete sich der Interkom. Diesmal konnte es sich nicht um ein Mitglied der Projektleitung handeln. Die Projektleiter hatten die Angewohnheit, den Empfänger per

Fernsteuerung einzuschalten. Ich rief dem Servo zu, daß ich bereit sei, das Gespräch anzunehmen. Eine Bildfläche leuchtete auf. Tichtonas Gesicht erschien. Ich erschrak, das blanke Entsetzen flimmerte in ihren Augen. Sie hatte Mühe, verständliche Worte hervorzubringen.

„Ghebrokhte, komm schnell!“ stammelte sie. „Etwas Fürchterliches ist geschehen. Pucht ist tot!“

6.

Die ersten 28 Jahre meines Lebens hatten sich nicht gerade im tiefsten Frieden abgespielt. Soweit ich mich zurückerinnern kann, waren wir Cantaro – ausgenommen die, die nach Amagorta geflogen waren – stets in Kämpfe verwickelt. Man hielt uns für Blitzer und stellte uns nach. Wir wehrten uns, so gut wir konnten, und wo Gegenwehr nicht sinnvoll erschien, nahmen wir Reißaus. Im Lauf der Jahre hatte sich auf beiden Seiten abgrundtiefer Haß dem Feind gegenüber entwickelt, und der Krieg wurde mit einer Grausamkeit geführt, die zivilisierter Völker nicht würdig war.

Ich hatte meinen Anteil an Blut, Tortur und Verstümmelung gesehen. Aber was sich meinem Blick hier im Großwerde-Raum darbot, überstieg alles, was mir bisher vor Augen gekommen war.

An den Wänden klebten, zu kleinen blutigen Fetzen zerrissen, die Überreste dessen, was einst unser Liebling Pucht gewesen war. Nichts ließ sich mehr identifizieren. In einer Ecke des Raumes qualmte ein anderthalb Meter tiefer Krater. Die Wände in der Nähe des Kraters waren brandgeschwärzt und wiesen Schmelzspuren auf. Die Einrichtung des Raumes war zerschmettert und wild durcheinandergewirbelt. Es mußte sich eine Explosion von unvorstellbarer Wucht hier ereignet haben. Der Krater drüben in der Ecke war vermutlich der Ort, an dem der Roboter sein Ende gefunden hatte. Auch von ihm waren nur noch winzige Fragmente übrig.

Tichtona hatte sich an an mich gelehnt. Ihr Atem ging in kurzen, heftigen Stößen. Sie röchelte, und auf der Kuppe des Hinterkopfes hatte sich Schweiß angesammelt. All das waren die typischen Symptome extremer Angst. Fraglos hatte Tichtona ebenso wie ich die syntronischen Bewußtseinsmodule aktiviert. Aber das nützte uns wenig. Das Entsetzen war derart intensiv, daß es die logik-stabilisierende Tätigkeit der Module glatt überbrückte.

„Was ist geschehen?“ fragte ich.

„Ich weiß es nicht“, antwortete Tichtona. „Niemand weiß es. Ich habe die Roboter im Labor befragt. Sie haben keine Ahnung.“

„Das kann nicht sein“, widersprach ich. „Hier hat sich eine katastrophale Explosion ereignet. Das muß man gehört haben. Das Gebäude muß erschüttert worden sein. Wo warst du?“

„Ich war die meiste Zeit über im Labor. Ich verbrachte eine halbe Stunde am großen Referenzrechner. Gegen Mittag hielt ich mich im Speiseraum auf, und dann war ich eine Zeitlang draußen, um mir die Beine zu vertreten. Wenn du mich fragst, wo ich zur Zeit der Explosion war, dann kann ich dir darauf nicht antworten, weil ich nicht weiß, wann die Explosion stattgefunden hat.“

Ich wies auf die Überreste unseres Zöglings.

„Wir könnten eine Gewebeprobe entnehmen und versuchen, den Zeitpunkt des Todes zu ermitteln“, schlug ich vor.

„Ja, das könnten wir“, antwortete sie.

Wir sammelten ein paar Hautfetzen ein. Vom Labor aus versuchte ich, Klachghann zu erreichen. Er war abwesend und konnte nicht direkt angesprochen werden. Aber sein Servo versprach, die Nachricht weiterzuleiten, die ich ihm übermittelte. Danach befragte ich die im Labor stationierten Spezialroboter. Ich hatte nicht mehr Erfolg als Tichtona: Sie hatten nichts gehört, nichts registriert. Ich rief der Reihe nach Rekhrioch, Josanghatt und Fimbraich an. Auch sie waren ahnungslos und zeigten sich entsetzt, als ich ihnen von der Katastrophe berichtete.

Die Sache wurde immer rätselhafter. Ich rechnete jede Sekunde damit, daß entweder Klachghann oder ein Mitglied der Projektleitung sich meldeten. Die Projektleiter wußten doch sonst immer über alles Bescheid. Warum ließen sie jetzt nichts von sich hören? Das erste erfolgreiche Zuchtprodukt war vernichtet worden. Kümmerte sie das nicht? Vertraten sie etwa den Standpunkt, daß wir jetzt, nachdem wir eine brauchbare Zuchtmethode entwickelt hatten, Klone am laufenden Band herstellen könnten und der Verlust eines einzelnen ein vernachlässigbares Problem darstelle?

Tichtona und ich machten uns an die Arbeit. Draußen war inzwischen die Nacht hereingebrochen. Tichtona hatte sich inzwischen einigermaßen beruhigt; aber wir ließen die Bewußtseinsmodule eingeschaltet. Wir konnten jetzt keine Störung der Denktätigkeit brauchen.

Die Parameter der Explosion – Energieentwicklung, Druck, Temperatur, womöglich ein Anteil chemischer Explosivstoffe – waren uns unbekannt. Das erschwerte die Arbeit. Gewebe zerfällt allmählich, nachdem der Tod eingetreten ist. Aber die Zerfallsrate hängt davon ab, auf welche Weise und unter welchen Umständen der Tod herbeigeführt wurde. Wir arbeiteten die Nacht hindurch. Zwischendurch fiel mir ein, daß es wohl vernünftig sei, den Großwerde-Raum abzusichern. Die Möglichkeit ließ sich nicht ausschließen, daß es hier irgendwo einen Saboteur gab der die erste Chance nützen würde, die Spuren seiner Untat zu beseitigen. Ich beorderte zwei unserer Roboter, vor dem einzigen Zugang zur Explosionsstätte Wache zu stehen. Sie besaßen keine Waffen, aber sie würden mich sofort benachrichtigen, wenn jemand sich dem Zugang in verdächtiger Weise näherte.

Bei Sonnenaufgang hatten wir ein vorläufiges Ergebnis erzielt. Die Unsicherheit betrug plus/minus zwei Stunden. Nach unserer Rechnung hatte sich die Explosion zwischen 10 und 14 Uhr ereignet. Der Sampson-Tag war in 20 Stunden eingeteilt, die bis auf weniger als eine Minute genau der Länge der in der Milchstraße üblichen Standardstunde entsprachen. Ich stutzte. Zwischen 11.50 und 12.10 Uhr war ich bei Wello Banir gewesen. Im Laborgebäude hatte zwar niemand etwas von der Explosion bemerkt; aber von den Projektleitern wußte ich inzwischen, daß sie über alle Vorgänge in der Forschungsstation stets informiert waren. Wahrscheinlich hatte man Überwachungsgeräte in die Wände eingebettet. Ich wußte nicht, wie lange vor und nach meinem Besuch sich Wello Banir in seinem nur per Transmitter zugänglichen Raum aufgehalten hatte. Aber die Explosion konnte unmöglich stattgefunden haben, während er im Gebäude war. Er hätte sofort reagiert. In der Zeitspanne, die von 11.50 bis 12.10 reichte und wahrscheinlich noch etliche Minuten davor und danach umfaßte, war Pucht also *nicht* gestorben.

Gegen 6 Uhr versuchte ich noch einmal, Klachghann zu erreichen. Er war immer noch unterwegs. Es war dem Servo nicht gelungen, sich mit ihm in Verbindung zu setzen. Der Chefadministrator hatte offenbar sein Kommuniktionsgerät blockiert. Ein grotesker Verdacht formte sich in meinem Bewußtsein. War Klachghann über die Explosion informiert und schirmte sich ab, damit er sich nicht damit zu befassen brauchte?

Ich nahm eine hastige Mahlzeit zu mir, während Tichtona weiter an den Gewebeproben arbeitete. Sie könne nichts essen, behauptete sie, und auch ich muß gestehen, daß mich jeder Bissen in der Kehle würgte.

Kurz vor sieben erhielten wir unerwarteten Besuch.

Josanghatt trat durch die Tür. Sein Gesicht wirkte besorgt. Er pflanzte sich in einen Sessel, beugte sich weit nach vorne und ließ, auf den Boden starrend, eine Minute verstreichen, ohne ein Wort zu sagen. Dann begann er:

„Euer Projekt geht mich nichts an, und wenn ihr meine Tätigkeit als Einmischung empfindet, müßt ihr es sagen, und ich gehe sofort wieder. Aber ich bin Wissenschaftler und kann es nicht ertragen, wenn mir etwas präsentiert wird, was völlig unverständlich ist und obendrein die Naturgesetze zu verletzen scheint."

Er sah mich an. Ich machte die Geste der Verneinung.

„Keine Einmnischung."

„Eine Explosion von solcher Wucht muß weithin hör- und spürbar gewesen sein", fuhr er fort. „Aber keiner von uns hat etwas gehört, auch die Roboter nicht. So etwas kann nur geschehen, wenn der Ort der Explosion energetisch abgeschirmt ist, und zwar mit einem Feldschirm, der weder Schall noch Druck passieren läßt. Ich suchte also den Raum auf, den ihr den Großwerde-Raum nennt."

„Haben meine Roboter dich nicht aufgehalten?" fragte ich verwundert.

„Deine Roboter können einen Autorisierten von einem Nichtautorisierten unterscheiden", antwortete er. „Sie ließen mich gewähren. Ich suchte die Wände des Raumes ab . . ." er legte die Hände ineinander und bewegte sie drehend hin und her, um das Entsetzen zum Ausdruck zu bringen, das ihn bei der Erinnerung an die grausame Szene überkam . . . „und fand in einer einen Hohlraum, in dem ein fremdartiges Gerät untergebracht war. Ich schnitt die Wand auf und betrachtete das Gerät, ohne es zu berühren. Es ist das Produkt einer fremden Technik, und ich habe nicht die geringste Ahnung, welche Funktion es versieht."

„Ist es möglich, daß das Gerät die Explosion ausgelöst hat?" fragte ich.

„Nein." Er sprach mit Bestimmtheit. „Das wäre zuviel Aufwand gewesen. Ich bin überzeugt, daß das Gerät dem Zweck dient, den ich vorhin beschrieben habe. Es erzeugt ein energetisches Schirmfeld, das dafür sorgte, daß außerhalb des Großwerde-Raums von der Explosion nichts bemerkt werden konnte."

„Wer kann ein Interesse an Puchts Tod haben?" wollte ich wissen. Die Frage war eher im Selbstgespräch gestellt, aber Josanghatt fühlte sich dennoch angesprochen.

„Nach meiner Ansicht kommt nur Sabotage in Betracht", antwortete er. „Es ist dem Feind gelungen, einen Agenten nach Sampson einzuschleusen."

„Wer ist der Feind, Josanghatt?" beschwor ich ihn. „Der einzige ernst zu nehmende Feind waren die Terraner, und vielleicht sind sie es noch. Aber inzwischen haben wir freien Zugang nach Terra, also kann die terranische Gefahr so groß nicht mehr sein. Außerdem scheint mir das Gerät, von dem du sprichst, einer Technik zu entstammen, die wesentlich weiterentwickelt ist als die der Terraner."

Er machte eine Geste der Ratlosigkeit und stand auf.

„Ich weiß es nicht", sagte er. „Am meisten verblüfft mich die Sinnlosigkeit des Anschlags. Was nützt der Tod eines Klons, wenn ihr zwei in Kürze beginnen werdet, Tausende herzustellen." Er winkte mit der linken Hand. „Geht und seht euch das Gerät an. Vielleicht fällt euch etwas dabei ein."

Tichtona und ich gingen zum Großwerde-Raum. Der Anblick der Verwüstung machte uns immer noch zu schaffen. Aber wir konzentrierten uns auf die Öffnung in der Wand. Das Gerät, das Josanghatt entdeckt hatte, war verwinkelt, verdreht, im vorderen Teil wie ein Schneckenhaus geformt. Es schillerte in allen Farben des Spektrums, je nachdem, aus welchem Winkel man es betrachtete. Ich kannte keine Technik, die Geräte von derart verschrobenem Äußeren erzeugte. Tichtona wollte das seltsame Ding aus der Wandnische herausnehmen; aber ich verbot ihr das. Wahrscheinlich war das Gerät mit einer Sicherheitsschaltung versehen, die es zur Explosion brachte, wenn ein Unbefugter sich daran zu schaffen machte. In dieser Hinsicht hatte Josanghatt völlig recht: Welchem Zweck das Ding diente, ließ sich mit den Kenntnissen, die uns zur Verfügung standen, nicht enträtseln.

Ich überließ Tichtona ihren Arbeiten und machte mich auf die Suche nach Klachghann. Ich war Wissenschaftler, nicht Sicherheitsspezialist. Die Verantwortung für das, was nun zu geschehen hatte, mußte der Chefadministrator übernehmen. Mir wäre es lieber gewesen, ich hätte mit einem Projektleiter sprechen können, vorzugsweise Carol Shmitt oder Wello Banir. Aber da die Projektleitung sich nicht meldete und ich auch keine Möglichkeit hatte, mit ihr von mir aus Verbindung aufzunehmen, mußte ich mich an Klachghann halten. Meinen Verdacht, er hätte von der Explosion gewußt, hatte ich längst als unhaltbar abgetan. Etwas anderes erschien mir viel wahrscheinlicher: Der Chefadministrator hatte sich mit seiner Kharima im rückwärtigen Teil seines Hauses verschanzt und strenge Anweisung erlassen, daß er nicht gestört werden dürfe. Können Servos lügen? Sicher können sie das. Sie gehören zur intelligenten Peripherie des Hauscomputers und werden dem Eigentümer nur mit den Grundzügen der Basisprogrammierung geliefert. Alles andere ist Sache des Besitzers. Er kann den Servo sagen lassen, was er will. Für den Servo ist die Anweisung des Eigentümers oberstes Gebot.

Ich fuhr mit meinem Gleiter zu Klachghanns Haus. Der Pförtnerrobot ließ mich ohne weiteres ein, allerdings erst nachdem er mir versichert hatte, daß der Chefadministrator nicht anwesend sei. Was hätte ich anderes erwarten sollen? Der Pförtner zählte zur halbintelligenten Peripherie des Haussyntrons und wurde seinerseits vom Servo instruiert.

Ich war schon mehrmal in Klachghanns Haus gewesen und dennoch jedesmal wieder beeindruckt von dem Luxus, mit dem er sich umgeben hatte. Geldmittel und Arbeitskräfte standen ihm offenbar in nahezu unbeschränktem Maß zur Verfügung. In der Empfangshalle schwebte der Servo, ein gelblichleuchtender Ball aus Energie. Der Ball sprach nicht direkt zu mir. Die Signale, die er aussandte, wurden von einem Empfänger aufgenommen und in akustische Sprache verwandelt. Es gab in dieser Halle mehrere Lautsprecher. Von den Lautsprechern trat jeweils der in Tätigkeit, der dem Servo am nächsten war.

„Ich bedaure, der Chefadministrator ist immer noch nicht zurückgekehrt", wurde mir erklärt.

„Bist du sicher, daß er sich nicht im rückwärtigen Teil des Hauses befindet?" wagte ich zu zweifeln.

„Absolut sicher", antwortete der Servo. „Ich habe ihn wegfahren sehen, und wenn du dich überzeugen willst, kannst du hinunter in den Abstellraum gehen und dich überzeugen, daß sein Gleiter nicht vorhanden ist."

Dazu hatte ich keine Lust.

„Geschieht es öfter, daß Klachghann unterwegs ist und du ihn per Funk nicht erreichen kannst?"

„Nicht oft, nur hin und wieder", lautete die Antwort. „Auf Sampson geschieht nichts Dramatisches, das die sofortige Aufmerksamkeit des Chefadministrators erforderte. Deswegen ist er der Ansicht, daß er, wenn er sich zum Beispiel in einer wichtigen Besprechung befindet, sich getrost gegen jede Störung schützen darf."

„Du hast keine Ahnung, in welche Richtung er sich gewandt hat?" wollte ich wissen.

„Die Richtung kann ich dir wohl nennen. Er fuhr nach

Nordosten davon. Aber wo er sich in diesem Augenblick aufhält, weiß ich nicht."

Hier war an Informationen nichts zu holen. Ich mußte mir selbst helfen. Es blieb mir nichts anderes übrig, als mich mit den anderen Forschungsstätten in Verbindung zu setzen und sie der Reihe nach abfragen, ob Klachghann sich dort befinde. Das tat ich am besten von meinem eigenen Kommunikationsanschluß aus. Ich wollte mich zum Gehen wenden, da hörte ich ein dumpfes Grollen wie von einem fernen Gewitter. Der Servo erklärte:

„Es gibt Alarm! In der Wohnsiedlung hat sich eine Explosion ereignet."

Er empfing die syntronischen Signale, mit denen die robotischen Sicherheitseinheiten in den Einsatz beordert wurden. Sekunden später hörte ich Sirenen heulen. Ich stürmte zur Tür hinaus und schwang mich in meinen Gleiter.

Ich sah von weitem schon die Qualmwolke in der Luft stehen. Ich manövrierte den Gleiter mit Höchstgeschwindigkeit, und wenige Augenblicke später setzte ich vor den Trümmern des Hauses auf, in dem Josanghatt gewohnt hatte. Mein Bewußtsein arbeitete immer noch im syntronischem Modus; daher hielt mein Schreck sich in Grenzen. Josanghatt mußte um diese Zeit, am frühen Morgen, im Labor sein. Aber dann fiel mir ein, daß er uns kurz vor sieben aufgesucht, also wahrscheinlich auch die Nacht hindurch gearbeitet hatte.

Scharen von Robotern sortierten die Trümmer des Hauses. Die Wirkung der Explosion hatte sich auf dieses eine Gebäude beschränkt. Die Nachbarhäuser zur Rechten und Linken, in denen Fimbraich und Rekhrioch wohnten, waren unbeschädigt. Organische Wesen waren nicht zu sehen. Ich wandte mich an einen der Roboter.

„War Josanghatt im Haus, als sich die Explosion ereignete?“ fragte ich.

„Es war *ein* Wesen im Haus“, wurde mir geantwortet. „Wer es war, können wir nicht entscheiden. Das haben die Spezialisten zu tun.“

„Es *war* Josanghatt“, sagte eine schrille Stimme hinter mir. „Er ist tot. Sie haben ihn vor ein paar Minuten abtransportiert – das, was von ihm übriggeblieben ist.“

Ich hatte mich schon bei den ersten Worten umgedreht. Es war Fimbraich, der zu mir sprach. Ich hatte ihn nicht kommen sehen.

„Woher weißt du das?“ fragte ich.

„Wer sonst hätte in seinem Haus sein sollen? Seine Kharima ist noch an der Arbeit. Er war zwanzig Stunden ununterbrochen auf den Beinen. Gegen acht Uhr heute morgen überlegte er, ob er sich vom Mikromed eine stimulierende Injektion verabreichen lassen oder lieber zur Ruhe gehen solle. Er entschied sich für das letztere und ging nach Hause.“

Es war fast zuviel, was in den vergangenen 20 Stunden auf mich einstürmte. Ich spürte, wie der emotionale Schock die stabilisierende Wirkung der Syntron-Module zu durchschlagen begann.

„Was hat die Explosion verursacht?“ wollte ich wissen.

„Das ist noch nicht bekannt. Wir werden es erst in ein paar Stunden erfahren.“

Die Trümmer des Hauses qualmten noch. Aber das störte die Roboter nicht. Hitze machte ihnen nichts aus. Sie gehörten zu den Spezialeinheiten des Sicherheitsdienstes und wußten, was sie zu tun hatten. Sie stapelten die Trümmerstücke zu beiden Seiten des Fundaments. Es stand außer Zweifel, daß die Ursache der Explosion in kurzer Zeit ermittelt werden würde.

„Das gibt uns zu denken, nicht wahr?“ begann Fimbraich von neuem.

„Wie meinst du das?“

„Josanghatt war ein sehr wißbegieriger Charakter", antwortete er. „Als ihr uns von der Explosion im Aufzuchtraum berichtetet, von der niemand etwas bemerkt hatte, ließ ihm das keine Ruhe. Er unterbrach seine Arbeit und ging nachschauen. Danach besuchte er euch in eurem Labor. Ich nehme an, er hat etwas gefunden, sonst wäre er nicht zu euch gekommen."

„Das ist richtig. Er hat . . ."

Fimbraich wich vor mir zurück und verschränkte die Arme über dem Kopf. Es war die Geste der absoluten Ablehnung.

„Ich will nichts hören!" fuhr er mich an. Gleich darauf wurde seine Stimme ein wenig ruhiger. „Ist dir der Gedanke noch nicht gekommen, daß Josanghatt sterben mußte, weil er etwas gefunden hatte, das er nicht hätte finden dürfen?"

Er wandte sich um und schritt davon. Ich sah ihn um die Ecke seine Hauses biegen. Sein Gleiter war hinter dem Haus geparkt. Wenige Sekunden später hörte ich das Triebwerk summen. Das Fahrzeug kam hinter dem Haus hervor und nahm Kurs aufs Laborgebäude. Fimbraich, vom Tod des Freundes erschreckt und verängstigt, war auf dem Weg zur Arbeit.

Ich kehrte zu meinem Haus zurück. Fimbraichs Verdacht hatte mich so sehr in Nachdenklichkeit versetzt, daß ich meinen Gleiter einfach auf der Straße stehen ließ, die an den Wohngebäuden vorbei rings um den Laborkomplex führte. Zwei Tote innerhalb so kurzer Zeit – auf einer Welt, auf der sich, wie Klachghanns Servo behauptete, nichts Dramatisches ereignete –, war das nicht Grund zur Sorge?

Der Interkom aktivierte sich auf Zuruf. Ich nannte den Rufkode des Labors. Im Augenblick war es mir gleichgültig, ob ich Tichtona bei der Arbeit störte oder nicht. Als ihr Bild erschien, sah ich ihr an, daß sie verstört war. Sie mußte in den vergangenen Stunden weitere Erkenntnisse erzielt haben, die sie von neuem in Angst versetzten. Ihre Augen tränten.

„Was geht hier vor, Tichtona?“ fragte ich. „Weißt du von Josanghatt?“

„Nein“, schrillte sie.

„Er ist tot. Sein Haus wurde durch eine Explosion zerstört. Von Josanghatt selbst fand man nur noch Stücke.“

Sie verschlang die Hände ineinander. Sie fing an, unkontrolliert zu schreien. Ich wartete, bis sie sich einigermaßen beruhigt hatte. Ich wollte eine Frage stellen; aber sie kam mir zuvor.

„Ghebrokhte, es hat nicht *eine,* sondern *zwei* Explosionen gegeben“, sagte sie. „Eine davon hat den Krater in den Boden gerissen und den Roboter vernichtet. Das war die zweite. Bei der ersten war Pucht selbst der Explosionskörper.“

Es gibt Dinge, die bringen den Verstand auch dann aus dem Gleichgewicht, wenn seine Tätigkeit von syntronischen Modulen gestützt wird. Ich brachte eine Zeitlang keinen Ton hervor. Statt dessen sprach Tichtona weiter.

„Ich habe mir noch mehr von den Überresten besorgt. Es gibt keinen Zweifel daran, daß Pucht von einer Explosion getötet wurde, *die sich im Innern seines Körpers ereignete.* Pucht starb nicht, weil der Roboter detonierte. Er war schon vorher . . . nicht mehr da.“

In solchen Augenblicken, wenn das Bewußtsein um die innere Stabilität kämpft, bringt man nicht immer die intelligentesten Äußerungen zustande.

„Wie kann so etwas geschehen?“ fragte ich naiv.

„Ich habe einen vagen Hinweis“, antwortete Tichtona zu meiner Überraschung. „Ich habe die Aufzeichnungen durchgesehen, die während des Wachstumprozesses in der Retorte angefertigt wurden. Pucht besaß ein Organ, das in unserer Genprogrammierung nicht vorgesehen war. Es ist ein Fortsatz, der aus der fünften Herzkammer wächst. Der Fortsatz ist von merkwürdiger chemischer Zusammensetzung, und die Durchleuchtung zeigt submikroskopische Einschlüsse, die nichtorganischer Natur sind. Ghebhrokhte, ich weiß nicht mehr, womit ich es zu tun habe. Irgend jemand sabotiert unsere Arbeit . . ."

„Sprich nicht weiter", bat ich sie. „Ich bin in ein paar Minuten bei dir."

Ich stürmte aus dem Haus. Beim Hinausgehen stellte mir Kroch eine Frage. Ich achtete nicht darauf. Ich wollte so rasch wie möglich im Labor sein und suchte nach meinem Gleiter an der Stelle, an der ich ihn üblicherweise parkte. Dann fiel mir ein, daß ich ihn mitten auf der Straße hatte stehen lassen. Josanghatts Haus war inzwischen vollkommen auseinandersortiert worden. Nur noch die blanke Platte des Fundaments blieb übrig. Die Spezialroboter des Sicherheitsdiensts waren abgezogen. An ihrer Stelle beschäftigten sich primitivere Maschinen, die Trümmer auf Transportgleiter zu verladen, deren Ziel vermutlich irgendein mir unbekanntes Labor war, in dem man versuchen würde, die Ursache der Explosion zu ermitteln.

Ich stieg in meinen Gleiter und ließ ihn in die Höhe schießen. Ich brauchte eine halbe Minute, um den Eingang zu erreichen, von dem aus ich am raschesten zu unserem Labor gelangte. Die Labortür öffnete sich vor mir. Unsere Spezialroboter schwebten reglos an den Ruheplätzen, die wir ihnen zugewiesen hatten. Aber von Tichtona war keine Spur.

„Wo ist Tichtona?" herrschte ich die Roboter an.

Sie antworteten nicht. Jemand hatte sie desaktiviert. Nur noch der Antigrav-Antrieb funktionierte und erzeugte die künstlichen Schwerefelder, auf denen ihre aus Metall und Kunststoff gefertigten Leiber ruhten. Ich stieg zwischen den Geräten umher. Tichtona würde den Raum nicht verlassen haben, nachdem ich ihr vor knapp vier Minuten versichert hatte, ich wäre auf dem Weg hierher.

Ich fand sie schließlich. Sie lag zwischen zwei Experimentalretorten, zylindrischen Gebilden von zwei Metern Höhe und achtzig Zentimeter Durchmesser. Sie lag auf dem Rücken. Ihr Leib war eine einzige Brandfläche. Jemand hatte sie mit einem Thermoblaster erschossen.

Die Wut ging mit mir durch. Ich fuhr auf den nächsten Roboter zu. Mit dem üblichen Befehlswort versuchte ich, ihn zu aktivieren. Er reagierte nicht. An der Seite trug er ein kleines Behältnis, in dem die Bedienungselemente des Kontrollsystems untergebracht waren. Ich nahm eine Reihe von Schaltungen vor, die üblicherweise selbst den auf die unterste Ebene der Aktivität gesunkenen Roboter wieder hätte aufwecken sollen. Aber auch damit hatte ich keinen Erfolg. Die Roboter waren total abgeschaltet; nur der Antigravgenerator arbeitete noch. Hier konnte ich nichts ausrichten. Ich verstand eine Menge von Kybernetik. Aber hier bedurfte es eines Spezialisten, die Maschinen wieder in Gang zu setzen.

Der Zorn verrauchte allmählich, aus Mangel an einem Objekt, an dem er sich hätte austoben können. Ich hatte nicht einmal eine Ahnung, wer für Tichtonas Tod verantwortlich sein könnte. Die Verwirrung setzte ein, und dann kam der Schmerz. Ich streichelte das Wesen, das meine Kharima gewesen war. Trotz der stabilisierenden Wirkung der Bewußtseinsmodule packte mich die Trauer mit solcher Gewalt, daß ich unkontrolliert zu zittern begann.

Dann leistete ich einen Schwur. Mit dem Rest des Zornes, der mir noch geblieben war, gelobte ich, denjenigen zu finden, der Tichtona getötet hatte, und ihn zu richten. Mit dem Schwur kam neue Kraft. Ich stand auf. Es gab Dinge zu tun. Wo immer Klachghann sich versteckt halten mochte: Er mußte gefunden werden. Hier war ein Übeltäter am Werk, der ausgeschaltet werden mußte. Vielleicht hatte Josanghatt doch recht gehabt: In unseren Reihen gab es einen Saboteur. Der Mord an Pucht war sinnlos erschienen, weil es in Kürze viele Puchts geben würde. Aber wenn obendrein noch die Wissenschaftler eliminiert wurden, die für das Klonprogramm verantwortlich waren, dann ergab die Sache einen Sinn. Wenn meine Vermutung richtig war, dann befand ich mich ebenfalls in Gefahr. Ich mußte fort von hier. Das Labor bedeutete den Tod!

Ich stürmte davon. Ich würde von meinem privaten Kommunikationsanschluß aus dafür sorgen, daß Tichtonas Körper an Ort und Stelle eingeäschert wurde. Vom Labor führte ein breiter Korridor zu dem Ausgang, vor dem ich meinen Gleiter geparkt hatte. Ich hatte die Tür fast erreicht, da hörte ich eine Stimme. Sie schien aus der Wand zu kommen. Ich erstarrte mitten in der Bewegung. Es war nicht die Art und Weise, wie ich angesprochen wurde, die mich überraschte; es war die Stimme selbst! Ich kannte sie. Nie würde ich sie vergessen. Sie sprach Interkosmo.

„Ich habe dich schon einmal gewarnt, Ghebrokhte. Neugierde ist eine schändliche Charaktereigenschaft. Du bist ein fähiger Wissenschaftler, und wir können dich gut gebrauchen. Wenn du aber nicht aufhörst, dich um Dinge zu kümmern, die dich nichts angehen, dann müssen wir uns von dir trennen."

Ich war verwirrt und erschreckt. Trotzdem brachte ich irgendwie die Kraft auf zu fragen.

„Wer bist du? Wer spricht da?"

„Du kennst die Antwort. Ich habe sie dir bereits gegeben."

Das war richtig. Die Worte, die er auf Terra zu mir gesprochen hatte, klangen mir noch in den Ohren. Damals beherrschte ich das Interkosmo noch nicht. Ich hatte mir nur den Klang seiner Stimme merken können und mich im übrigen auf den Translator verlassen.

„Ich bin ein Herr der Straßen“, hatte er gesagt.

7.

Ich steuerte auf mein Haus zu. Als ich Kroch, den Hausroboter, vor der Eingangstür schweben sah, stutzte ich. Was hatte er dort zu suchen? Sein Platz war im Innern des Hauses. Nur auf besondere Anweisung durfte er das Haus verlassen.

Ich weiß heute noch nicht, warum es ausgerechnet Krochs Anblick war, der mir die Augen öffnete. Abgesehen davon, daß er gegen eine ausdrückliche Weisung verstoßen hatte, war der Robot vermutlich ganz harmlos. Es muß das Ungewöhnliche der Situation gewesen sein, das in meinem Bewußtsein etwas wachrüttelte und Zusammenhänge klarlegte, die mir bisher verborgen gewesen waren.

Ich hatte den Gleiter angehalten. Das Fahrzeug schwebte einen Meter über dem Boden. Hinter mir glänzte die Konkritplatte, auf der Josanghatts Haus gestanden hatte, im Sonnenlicht. Warum hatte Josanghatt sterben müssen? Weil er neugierig geworden war und das Gerät mit dem schneckenhausförmigen Vorbau in der Wand des Großwerde-Raums entdeckt hatte. Ich aber hatte das Gerät auch gesehen. War Josanghatt ein weniger fähiger Wissenschaftler als ich? Übermäßige Bescheidenheit war nicht einer meiner hervorstechenden Charakterzüge. Aber von Josanghatt mußte ich zugeben, daß er mindestens eine Stufe über mir stand.

Und was war mit Tichtona? Sie hatte nicht eher Ruhe gegeben, als bis sie festgestellt hatte, daß Pucht von innen heraus explodiert war. Sie hatte den merkwürdigen Wuchs an der fünften Herzkammer des Embryos gefunden und ermittelt, daß er in unserem Genprogramm nicht enthalten war. Sie hatte Dinge entdeckt, die wir nicht hätten wissen sollen. Deswegen hatte Tichtona sterben müssen. Was aber Tichtona gewußt hatte, das wußte ich auch.

Die Worte des Herrn der Straßen hatten so geklungen, als wolle man mit mir noch ein wenig Geduld haben. Geduld für Ghebrokhte, Tod für Josanghatt und Tichtona? Wenn ich das glaubte, dann war ich ein Narr, der sein Schicksal verdient hatte. Ich war angelogen worden! Ich stand genauso auf der Totenliste wie meine Kharima und der fähigste Mikrobiologe des cantarischen Volkes. Wahrscheinlich wartete der Tod drinnen im Haus auf mich. Vielleicht sollte ich auf dieselbe Art und Weise in die Luft gesprengt werden wie Josanghatt. War das der Grund, warum Kroch vor der Tür schwebte?

Von der Konsole des Gleiters aus setzte ich mich mit Kroch in Verbindung.

„Es hat im Labor einen Todesfall gegeben“, sagte ich so ruhig wie möglich. „Ich mache mich auf die Suche nach Klachghann. Er muß unter allen Umständen herbeigeschafft werden.“

„Die Information ist gespeichert“, antwortete Kroch.

Ich schwenkte den Gleiter herum und setzte ihn auf Nordostkurs. In diese Richtung hatte sich Klachghann laut Auskunft seines Servos gewandt. In Wirklichkeit hatte ich mit dem Chefadministrator nichts mehr im Sinn. Er mochte ebensogut mit denen, die für Josanghatts und Tichtonas Tod verantwortlich waren, zusammenarbeiten. Ich war auf Sampson nicht mehr sicher. Ich mußte diese Welt verlassen.

In den Bergen änderte ich die Flugrichtung und nahm Kurs auf den Raumhafen. Ich wußte nicht, wie die Überwachungseinrichtungen auf Sampson funktionierten. Das war eines der Dinge, um die ich mich nicht zu kümmern hatte. Aber eines schien mir sicher: Je rascher ich handelte, desto größer war die Wahrscheinlichkeit, daß ich entkam. Die Hafenkontrolle würde mir nicht verbieten, die CHAKTOP-U-MUKHIN war *mein* Schiff. Das hatte der Supremkommandeur Thonkarr beglaubigt und besiegelt. Ein mit wichtigen Aufgaben befaßter Wissenschaftler von meinem Kaliber hatte jederzeit das Recht, an Bord seines Raumschiffs zu gehen – etwa, um aus dem Bordrechner wichtige Daten abzurufen. Ich war nur dann in Gefahr, wenn inzwischen eine Suchmeldung ergangen war. Dazu müßte jemand Verdacht geschöpft haben, daß ich zu fliehen beabsichtigte. Wie wahrscheinlich diese Möglichkeit war, konnte ich nicht beurteilen. Ich mußte es einfach darauf ankommen lassen.

Als ich die Grenze des Raumhafens überflog, meldete ich mich bei der Kontrolle. Ein Cantaro von unscheinbarem Äußeren nahm meinen Anruf entgegen.

„Wissenschaftler Ghebrokhte", sagte ich. „Ich benötige Daten aus dem Syntron meines Schiffes, der CHAKTOP-U-MUKHIN. Ich gehe an Bord und werde mich eine Zeitlang dort aufhalten."

Ich sah ihn zur Seite blicken. Vermutlich hatte er eine Bildfläche aktiviert und vergewisserte sich, daß die CHAKTOP-U-MUKHIN tatsächlich mir gehörte.

„Ich habe keinen Einwand, Wissenschaftler Ghebrokhte", antwortete er nach wenigen Sekunden.

Die Verbindung brach ab. Ich empfand Erleichterung. Den Gleiter ließ ich unmittelbar neben dem Schiff stehen. Ein paar Meter hatte ich zu Fuß zu gehen, um bis zu dem künstlichen Schwerefeld zu gelangen, das mich an Bord hob. Das Feld war nicht ständig vorhanden. Es war von einem Sensor aktiviert worden, der mich hatte kommen sehen. Ich bewegte mich mit scheinbar größter Gelassenheit. Niemand sollte mir ansehen, daß ich am liebsten gerannt wäre, so schnell mich die Beine trugen, um so bald wie möglich an Bord zu sein. Einmal im Innern des Schiffes, wo mich niemand mehr sah, konnte ich dann alle Eile entwickeln, nach der mir zumute war. Ich erreichte den Kommandoraum in Rekordzeit. Ich hatte damit gerechnet, das Schiff leer zu finden. Die Besatzung, ohnehin nur aus wenigen Spezialisten bestehend, war in einem der Gebäude am Raumhafen einquartiert. Sie wurde alle sechs Monate abgelöst, weil man niemand zumuten konnte, sieben Jahre lang an ein und demselben Ort auf den Augenblick zu warten, in dem die CHAKTOP-U-MUKHIN von Sampson startete.

Jetzt wurde die Sache kritisch. Das Anlaufen des Feldtriebwerks dauerte etwa 15 Minuten. Irgendein Energiesensor würde die Streuemission der Generatoren registrieren und eine Meldung an die Hafenkontrolle durchgeben. Den Kontrolleuren mußte das verdächtig, zumindest aber merkwürdig erscheinen. Die Frage war lediglich, wie rasch die Benachrichtigung durch den Sensor erfolgte.

Bei meinem Eintritt hatte sich ein Servo aktiviert. Er schwebte über der Konsole, die mit Meß- und Anzeigegeräten übersät war.

„Feldtriebwerk einschalten", befahl ich ihm.

Irgendwo tief unter mir begann es leise zu rumoren. Das Triebwerk selbst arbeitete völlig geräuschlos. Aber die Generatoren – das heißt die Pumpen, die Leistung aus den Hyperenergietanks sogen, brummten ein wenig.

Fünf Minuten vergingen. Ich hatte dem Servo aufgetragen, den Syntron in Betrieb zu nehmen. Der Autopilot wurde aktiviert. Ich nannte ihm ein vorläufiges Ziel, einen fiktiven Punkt in 80 Lichtjahren Entfernung. Vorläufig wußte ich noch nicht, wohin ich mich endgültig wenden würde.

Fast zehn Minuten waren vergangen, als sich die Hafenkontrolle meldete.

„Wissenschaftler Ghebrokhte! In deinem Schiff ist das Feldtriebwerk aktiviert worden. Welches ist der Zweck?"

Ich antwortete nicht sofort. Schließlich war ich mit der Entnahme von Daten aus dem syntronischen Speicher beschäftigt. Erst nach ein paar Sekunden fand ich mich bereit zu erklären:

„Ich nehme eine Triebwerksprüfung vor. Auf der Konsole war eine Fehlfunktion angezeigt."

„Du hättest die technische Überwachung benachrichtigen sollen", sagte der Kontrolleur in tadelndem Tonfall. „Die Beseitigung von Fehlfunktionen ist ihre Aufgabe."

„Unsinn", wies ich ihn zurecht. „Ich kenne mich mit diesem Schiff besser aus als jeder Ingenieur. Die Prüfung ist in wenigen Minuten beendet. Stör mich nicht weiter. Ich bin mit dem Bordrechner beschäftigt."

Das schien ihn zufriedenzustellen. Er unterbrach die Verbindung. Es wäre verwunderlich gewesen, hätte er nicht den Verdacht geschöpft, ich wolle Sampson verlassen. Was ihn wahrscheinlich beruhigte, war der Umstand, daß sich keine Besatzung an Bord befand. Er traute mir nicht zu, ein Raumschiff alleine zu fliegen; vielleicht meinte er sogar, daß die CHAKTOP-U-MUKHIN gar nicht von einem einzelnen Astronauten geflogen werden könne. Was er nicht wußte, war erstens, daß die CHAKTOP-U-MUKHIN ein Schiff modernster Bauart war, das notfalls vom Autopiloten ohne Beihilfe eines organischen Wesens kontrolliert und gesteuert werden konnte, und zweitens, daß ich ein voll ausgebildeter Astronaut war.

Die Minuten schlichen träge dahin. Die Anzeige der Einsatzbereitschaft quälte sich auf 90 % hoch. Was mir Sorge bereitete, war, daß ich über die Verteidigungseinrichtungen der Welt Sampson absolut nichts wußte. Es war möglich, daß man das Feuer auf mich eröffnete, wenn ich ohne Erlaubnis startete. Die CHAKTOP-U-MUKHIN besaß leistungsfähige Schutzschirme. Wie groß war die Leistung der Geschütze der planetarischen Verteidigung?

Fünfzehn Minuten waren verstrichen. Die Einsatzbereitschaft wurde mit 99 % angezeigt. Das mußte genügen. Ich befahl dem Autopiloten zu starten. Mein Schiff hob gehorsam vom Boden ab. Zwei Sekunden verstrichen, da begann der Interkom zu plärren:

„CHAKTOP-U-MUKHIN, das ist ein unerlaubter Start! Du kehrst sofort auf deinen Landeplatz zurück."

In einer Höhe von achthundert Metern aktivierte ich die Schutzschirme. Durch eine Strukturlücke ging meine Antwort an die Hafenkontrolle:

„Ich habe soeben einen dringenden Anruf vom Supremkommando erhalten. Ich bin auf dem Weg nach Schotschi. Ich bitte nachträglich um Starterlaubnis."

Inzwischen war das Gesicht des Kontrolleurs auf der Bildfläche erschienen. Er wirkte verwirrt. Allein die Erwähnung des Supremkommandos hatte ihm einen Schrecken eingejagt.

„Ich werde mich vergewissern", sagte er. „Vorläufig hast du noch keine Erlaubnis zu starten."

„Du kannst dich nur beim Chefadministrator vergewissern", hielt ich ihm entgegen. „Ich habe ihn Tag und Nacht gesucht und nirgendwo gefunden. Ich wünsche dir mehr Glück, als ich es hatte. In der Zwischenzeit habe ich es eilig. Das Supremkommando läßt man nicht warten."

Er blickte mich verzweifelt an. Eines Tages würde sich herausstellen, daß er mich unter keinen Umständen hätte entkommen lassen dürfen. Dann drohte ihm die Verbannung, wenn nicht noch Schlimmeres. Einstweilen aber war er nicht sicher, ob man meine Angabe über den Anruf des Supremkommandos nicht doch ernst nehmen müsse. Ich hätte ihm dieses Dilemma gerne erspart. Aber hier ging es um *mein* Leben, und jedesmal, wenn ich mir das Bild meiner toten Kharima in Erinnerung zurückrief, wuchs meine Entschlossenheit.

Als ich viertausend Kilometer über Sampson stand, leuchtete plötzlich der Raum auf. Die Schutzschirme flackerten. Die planetarische Abwehr hatte das Feuer eröffnet! Aber jetzt konnte sie mir nichts mehr anhaben. Die CHAKTOP-U-MUKHIN beschleunigte mit Höchstwerten. Es folgten noch zwei weitere Schüsse, die jedoch beide das Ziel verfehlten. Mittlerweile war das Schiff in den Bereich relativistischer Geschwindigkeit eingetreten, und Augenblicke später dirigierte es der Autopilot in den Hyperraum.

Am Zielpunkt ließ ich die Geschwindigkeit – relativ zu den Sternen der unmittelbaren Umgebung – auf null drosseln. Ich schaltete die syntronischen Bewußtseinsmodule aus, die mir geholfen hatten, die fürchterlichen Ereignisse der vergangenen Stunden bei einigermaßen normalem Verstand zu überstehen.

Die Wirkung des Schocks setzte augenblicklich ein. Der Wahnsinn griff nach mir. Ich hatte Tichtona verloren! Diese Erkenntnis war von den Modulen bisher als unbedeutend eingestuft worden. Das organische Bewußtsein dachte anders. Ich begann zu rasen. Der Mikromed griff ein und applizierte ein Sedativum, gerade so, wie er es damals auf Chadiss getan hatte. Nur war heute die Dosis wesentlich größer.

Ich empfand Müdigkeit. Ich war ausgelaugt, leer in Körper und Seele. Ich wies den Autopiloten an, die Position zu wahren, jedoch an einen beliebigen anderen Ort auszuweichen, falls die CHAKTOP-U-MUKHIN verfolgt werden sollte. Dann suchte ich mein Quartier auf und legte mich nieder. Der Schlaf übermannte mich sofort.

Als ich erwachte, waren mehr als zehn Stunden vergangen. Ich wußte nicht, was der Mikromed inzwischen mit mir angestellt hatte; aber der wilde Schmerz war verflogen, nur noch ein gerüttelt Maß an Trauer zurückgeblieben. Ich konnte wieder klar denken, auch ohne Syntron-Module. Und das Nachdenken war das, womit ich mich jetzt in erster Linie zu beschäftigen hatte. Ich mußte die vielen Eindrücke sortieren, die ich während der vergangenen Jahre, und besonders in den letzten

Tagen, gewonnen hatte. Ich mußte mich orientieren. Ich brauchte ein Ziel, an das ich mich wenden konnte. Aber zuvor mußte ich wissen, vor wem ich mich in acht zu nehmen hatte und wen ich als Freund betrachten durfte.

Beim Nachdenken würde der Syntron mir behilflich sein. Ich verzichtete auf den Einsatz meiner eigenen Bewußtseinsmodule. Der Bordrechner war ihnen bei weitem überlegen. Ich begann, meine Gedanken zu ordnen, und sprach dabei halblaut vor mich hin. Der Servo würde meine Worte in den Computer weiterleiten, der dann sofort mit der Analyse beginnen konnte.

„Ganz oben stehen die Herren der Straßen", begann ich. „Sie erteilen dem Supremkommando Befehle. Dem durchschnittlichen Cantaro ist die Existenz der Herren der Straßen unbekannt. Er hält das Supremkommando für die oberste Instanz. Und was ist die Projektleitung? Wie fügt sie sich ins Schema der Hierarchie?"

Ich fuhr fort nachzudenken und murmelte wie im Selbstgespräch vor mich hin. Thonkarr hatte mich zurechtgewiesen, als ich ihn einen „weisen Herrn" nannte. Der Titel sei für andere reserviert, hatte er gesagt. Aber er hatte sich nicht darüber auslassen wollen, wer diejenigen waren, die diese Bezeichnung für sich beanspruchten. Darüber hatte ich erst später etwas erfahren. Einer, der sich einen Herrn der Straßen nannte, hatte mich auf Terra angesprochen. Ich hatte ihn nicht zu sehen bekommen; aber meine Neugierde war geweckt worden. Denn den Titel „Herren der Straßen" hatten die Archäonten getragen, von denen das Netz der Schwarzen Sternenstraßen eingerichtet worden war: Verkehrswege, die mit den gigantischen Energiemengen Schwarzer Löcher arbeiteten und es entsprechend ausgestatteten Raumschiffen ermöglichten, Entfernungen von mehreren Millionen Lichtjahren in wenigen Minuten zu überwinden. Diese Herren der Straßen hatten allerdings der cantarischen Flottenführung verkündet, daß sie sich nun endgültig aus dem kosmischen Alltag zurückziehen und nie mehr gesehen werden würden.

Aus Amagorta konnten also die, die sich heutzutage Herren der Straßen nannten, nicht kommen. Wer aber waren sie dann? Diese Frage hatte ich Carol Shmitt bei unserer ersten Begegnung gestellt. Er wisse nichts über die Herren der Straßen, hatte er behauptet. Heute glaubte ich ihm nicht mehr. Er hatte mich angelogen. Als er Jahre später wieder auf Sampson erschien, hatte er lediglich zu sagen gewußt, daß die Herren der Straßen diejenigen waren, die das Supremkommando beaufsichtigen, daß sie ihren Sitz im Solsystem hatten, jenem System also, zu dem auch der Planet Terra gehörte, und daß sie den Titel „Weise Herren“ trugen. Da hatte ich natürlich aufgehorcht. Deswegen also hatte Thonkarr mich zurechtgewiesen, als ich ihn mit dieser Anrede ansprach.

Waren die Herren der Straßen Cantaro? Carol Shmitt hatte die Frage positiv beantwortet. In dieser Hinsicht glaubte ich ihm. Das Volk der Cantaro hätte es nicht zugelassen, daß Artfremde die Macht an sich rissen. Es war schon schlimm genug, daß die Mitglieder der Projektleitung wie Terraner aussahen, wenn sie auch niemals zugegeben hatten, terranischer Herkunft zu sein.

Durch die gesamte Hierarchie, von den Herren der Straßen über die Projektleitung bis zum Supremkommando, und weiter hinab ins gewöhnliche Volk, zog sich das Prinzip der Geheimhaltung. Niemand durfte mehr wissen, als er zu wissen brauchte. Ich war mehrmals darauf hingewiesen worden, daß das, was ich für legitime Wißbegierde hielt, in Wirklichkeit schädliche Neugier war. Die Heimlichtuerei erzeugte groteske Auswüchse. So war inzwischen bekannt, daß es im Bereich der Milchstraße mehrere Brutwelten vom Typ Sampsons gab. Wissenschaftler waren daran gewöhnt, Informationen untereinander auszutauschen. Warum erlaubte man uns nicht, mit unseren Kollegen in anderen Forschungs- und

Zuchtstationen zu kommunizieren? Wir hätten uns gegenseitig aushelfen können. Der Fortschritt wäre rascher gewesen.

Wer hatte Tichtona und Josanghatt getötet? Sie hatten den ultimaten Preis für ihre Wißbegierde bezahlt. So sicher, wie ich wußte, daß ich hier an der Konsole saß, so sicher wußte ich auch, daß ich als nächster auf der Liste gestanden hatte. Aber wer war für die Morde verantwortlich? Thonkarr, der Supremkommandeur, hatte mich vor verderblicher Neugierde gewarnt. Dieselbe Art von Warnung war von Carol Shmitt und Wello Banir ausgesprochen worden. Am eindringlichsten aber hatte derjenige auf mich eingeredet, den ich nie zu Gesicht bekommen hatte und der sich als Herr der Straßen bezeichnete. Wen sollte ich für den Verdächtigen halten?

An dieser Stelle meldete sich der Syntron zum erstenmal zu Wort. Durch die laut- und stimmformenden Mechanismen des Servos erklärte er:

„In erster Linie verdächtig erscheint mir die Projektleitung. Sie nimmt im Rahmen der Hierarchie offenbar eine Sonderstellung ein und scheint Ziele zu verfolgen, die mit denen der Herren der Straßen und des Supremkommandos nicht immer identisch sind."

„Wie siehst du die hierarchische Struktur?"

„Das will ich dir gleich zeigen", sagte der Syntron.

Dann produzierte er das Blockdiagramm, das man im nachfolgenden sieht.

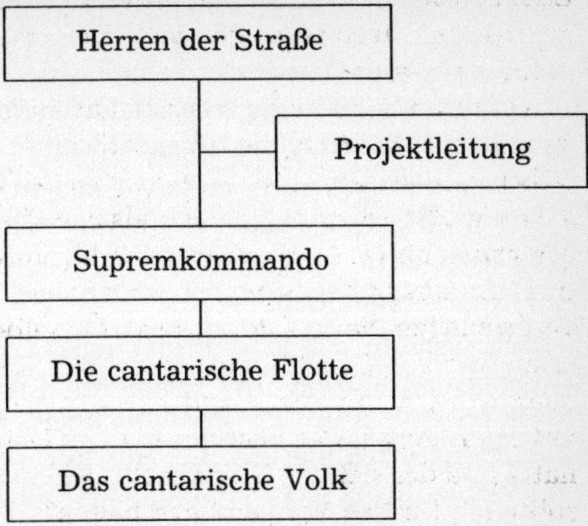

„Das oberste Niveau der Kommandostruktur stellen die Herren der Straßen dar“, fuhr der Syntron fort, nachdem ich Zeit gehabt hatte, mir das Diagramm anzusehen. „Unter den Herren befindet sich das Supremkommando. Das Supremkommando gebietet über die cantarische Flotte, und da wir eine militärisch organisierte Gesellschaft sind, darf man getrost sagen, daß die Zivilisten, das cantarische Volk, noch unter der Flotte rangieren.

Interessant ist der Status der Projektleitung. Sie ist zwischen den Herren der Straßen und dem Supremkommando angesiedelt, aber nicht in einer Linienfunktion, sondern in einer Stabsfunktion. Die Projektleitung kann dem Supremkommando keine Befehle erteilen, obwohl sie an höherer Stelle in der Hierarchie steht. Die Projektleitung ist lediglich den Herren der Straßen verantwortlich und scheint eine Art Elitär-Bewußtsein entwickelt zu haben, durch das sie sich berechtigt fühlt, eigenen Interessen nachzugehen.“

„Das ist eine Deutung“, antwortete ich. „Ich weiß

nicht, ob du recht hast. Du bezeichnest die Projektleiter als die in erster Linie Verdächtigen. Warum habe ich dann stets den Eindruck gehabt, die Mitglieder der Projektleitung seien die freundlichsten, verständnisvollsten Wesen, denen ich je begegnet bin?"

„Eben das hat mich stutzig gemacht", erklärte der Syntron. „Hast du jemals von hypno-psionischen Generatoren gehört?"

„Selbstverständlich."

„Ich vermute, daß jeder Projektleiter ein solches Gerät mit sich herumträgt. Der Generator hüllt ihn, wie du sagst, in eine Aura der Freundlichkeit. Als du mir die Projektleiter schildertest, fiel mir auf, daß sie alle von unterschiedlicher Erscheinung, jedoch gleichem Charakter waren: alle freundlich, alle verständnisvoll. So etwas gibt es in der realen Welt nicht."

Natürlich hatte er recht. Warum hatte ich die Sache nie aus dieser Perspektive gesehen? Ich erinnerte mich an die Fragen und Zweifel, die mich nächtelang gequält hatten. Aber dann, wenn der nächste Projektleiter auf Sampson erschien und mich zu sich rief, war alle Unsicherheit beseitigt. Warum war mir nicht der Verdacht gekommen, daß hier eine suggestive Beeinflussung vorliegen müsse?

Die Projektleitung also? Ich dachte an Carol Shmitt und Wello Banir, für die ich fast so etwas wie Verehrung empfunden hatte. Ich hatte ihre ungeheure Fachkenntnis bewundert und mich über jedes Lob gefreut. Wello Banir war auf Sampson gewesen, kurz bevor Josanghatt und Tichtona starben. War er der Mörder?

Wenn man davon ausging, daß der Projektleitung tatsächlich daran gelegen war, gewisse Dinge geheimzuhalten, dann erschien es logisch anzunehmen, daß Josanghatt und Tichtona hatten sterben müssen, weil sie sich zu intensiv um Dinge gekümmert hatten, die der Geheimhaltung unterlagen. Ich wäre ohne Zweifel als nächster an der Reihe gewesen. Nur eines konnte ich mir beim besten Willen nicht erklären.

Warum hatte Pucht sterben müssen?

An dem Punkt, den ich dem Autopiloten beim Start als Zielort angegeben hatte, waren wir mehrere Tage lang sicher gewesen. Jetzt aber begann die Fernortung Raumschiffbewegungen in weniger als 15 Lichtjahren Entfernung zu zeigen. Natürlich gab es keine Gewißheit, daß es sich dabei um Verfolger handelte; aber ich wollte kein Risiko eingehen. Die CHAKTOP-U-MUKHIN setzte sich in Marsch.

Mit der Hilfe des Syntrons hatte ich inzwischen einen Vorgehensplan entwickelt. Die allererste Forderung war trivialer Natur: Ich durfte mich nicht einfangen lassen. An zweiter Stelle auf der Prioritätenliste stand das Sammeln von Informationen. Jeweils zwischen zwei Hyperflugphasen, während das Schiff sich durchs 4-D-Kontinuum bewegte, würden sämtliche Hyperempfänger ständig in Betrieb sein. Ich mußte wissen, wie die Lage in der Milchstraße war, und vielleicht wollte es der Zufall, daß die eine oder andere Information hereinkam, die Licht auf die von den Herren der Straßen und der Projektleitung so sorgsam gehüteten Geheimnisse warf.

Das Informationssammeln würde stattfinden, während ich die Punkte 3 und 4 meines Programms zu verwirklichen suchte. Punkt 3 besagte, daß ich einen sicheren Ort finden mußte, an dem ich mich niederlassen und den ich als Operationsbasis benützen konnte. Der Syntron hatte dabei an eine besiedelte Welt gedacht. Daß die Bewohner uns Cantaro gegenüber freundlich oder zumindest nicht feindlich eingestellt sein mußten, war eine zusätzliche Auflage, die nicht leicht zu erfüllen sein würde. Vielleicht hatte sich inzwischen herumgesprochen, daß die Cantaro *nicht* mit den Blitzern identisch waren. Dann hatte ich womöglich eine Chance. Ansonsten mußte ich mir eine unbewohnte Welt suchen und die CHAKTOP-U--MUKHIN so abschirmen, daß sie nicht geortet werden konnte.

Als letztes brauchte ich einen Freund. Er hatte ein Cantaro zu sein, wenn möglich ein einflußreicher, und sollte mir helfen, über die Entwicklung im cantarischen Lager auf dem laufenden zu bleiben. Ich mußte wissen, was auf Schotschi vorging, wenn ich mich sicher fühlen wollte, und aus eigenem Vermögen konnte ich mir die erforderlichen Informationen nicht beschaffen.

Dieser Punkt bereitete mir Sorgen. Hatte ich außer Tichtona je einen Freund gehabt? Nur einer fiel mir ein, den man vielleicht so hätte nennen können: Phamaq, mein früherer Kommandant an Bord der TURR-Y-KHAMM. Ich erinnerte mich gerne an ihn, und auch er, glaubte ich, hatte mir gegenüber eine gewisse Zuneigung empfunden. Aber was war das für ein Vorhaben: in einer Galaxis mit 100 Milliarden Sternen ein einzelnes Wesen zu finden!

Der Syntron versicherte mir, daß die Sache gar so hoffnungslos nicht sei. Phamaq hatte vor acht Jahren schon ein großes Raumschiff befehligt. Man hatte ihm ein gewichtiges Projekt übertragen: die Einrichtung eines Forschungszentrums auf Chadiss. Daß Chadiss von den Blitzern vernichtet worden war, dafür konnte man ihn nicht verantwortlich machen. Phamaq würde in der Zwischenzeit Karriere gemacht haben. Vielleicht war er bis zum General aufgestiegen. Einen cantarischen General zu finden, konnte nicht allzu schwer sein. Man mußte sich nur an die richtige Informationsquelle wenden.

Auch da hatte der Syntron eine Idee. Seitdem die Milchstraße durch zwei Wälle hermetisch gegen den Rest des Universums abgeriegelt worden war, hatte sich im Dienstleistungsgewerbe ein neues Spezialgebiet entwikkelt: der Informationshandel. Es gab Angehörige der verschiedensten Völker, die sich gegen Entgelt mit der

Beschaffung von Informationen befaßten. Geld hatte ich keines, dafür jedoch Tauschobjekte hauptsächlich technischer Art, die jeder Milchstraßenbewohner gerne als Zahlung entgegennehmen würde.

Wir machten uns also auf die Suche – ich und der Bordsyntron. Wiederum war zu fordern, daß der Informationshändler einer sein mußte, der den Cantaro nicht feindselig gegenüberstand. Dazu mußte ich mich umhören. Ich mußte im Äther lauschen, um zu erfahren, wie die allgemeine Stimmung in der Milchstraße war. Am sinnvollsten schien es mir, einen nichthumanoiden Händler zu finden. Den Humanoiden dieser Galaxis traute ich nicht zu, daß sie den Haß auf die Cantaro schon völlig abgebaut hätten, selbst wenn ihnen zu Ohren gekommen wäre, daß wir nichts mit den Blitzern zu tun hatten.

Die Suche war langwierig, und manchmal war ich nahe daran, den Punkt 4 meines Planes aufzugeben. Die CHAKTOP-U-MUKHIN war zwei Jahre lang unterwegs, flog kreuz und quer durch die Milchstraße und sammelte Unmengen von Informationen, von denen nur ein winziger Bruchteil für mich von Bedeutung war. Aber einen geeigneten Informationshändler fand ich nicht.

Ich hörte von zahlreichen Brutwelten, auf denen die Produktion bereits in vollem Umfang angelaufen war. Was da produziert wurde, ob Hilfsvölker oder die neue Cantaro-Generation, davon war nicht die Rede. In einer Nachricht wurde auch Sampson erwähnt. Die Projektleitung habe den dort arbeitenden Wissenschaftlern ein hohes Lob ausgesprochen. Freilich! Rekhrioch, Fimbraich, Josanghatt und ich hatten die Vorarbeit geleistet. Die, die jetzt auf Sampson arbeiteten, brauchten nicht mehr zu experimentieren und zu forschen, sie konnten drauflosproduzieren. (Ich nahm als gegeben an, daß Rekhrioch und Fimbraich sich nicht mehr auf Sampson befanden. Nachdem Josanghatt und Tichtona getötet worden waren, hatten sie sicherlich nachzuforschen begonnen und waren dabei ohne Zweifel gegen die Geheimhaltungsbarriere geprallt, die keiner ungestraft berührte.)

Zwei weitere Informationen schienen mir von größter Bedeutung. Die Tätigkeit der Blitzer hatte drastisch nachgelassen. Es kam kaum noch zu Überfällen. Was die Archäonten vorhergesagt hatten, trat ein: Derselbe Einfluß, der den Blitzern den Verstand verwirrte, verkürzte ihre Lebensspanne. In wenigen Jahren, so wurde in mehreren der Berichte ausgesagt, die wir empfingen, würde es keine Blitzer mehr geben. Dann endlich mußte man überall in der Milchstraße erkennen, daß die Cantaro nicht mit den Blitzern identisch waren. Denn uns gab es ja noch. Auf den Brutwelten dagegen wurde mit voller Kapazität produziert. Wozu? Wir hatten Hilfsvölker und eine neue Cantaro-Generation schaffen sollen, damit wir der Blitzer-Gefahr besser begegnen konnten. Warum wurde die Produktion jetzt erst richtig angekurbelt?

Und dann kam noch eine sensationelle Meldung: Das Solsystem, zu dem der Planet Terra gehörte, war zum Sperrgebiet erklärt worden. Wacheinheiten patrouillierten die Peripherie des Systems. Niemand durfte ins Solsystem einfliegen, es sei denn, er besaß eine offizielle Einladung des Rates der Weisen. *Der Rat der Weisen!* Die Herren der Straßen. Cantaro hatten sich das ehemalige Machtzentrum der terranischen Menschheit zu eigen gemacht.

Ich hatte aufgrund meiner Erlebnisse ein nachhaltig getrübtes Verhältnis zu den Herren der Straßen, das wird man verstehen können. Aber die Neuigkeit, daß wir Cantaro den Terranern ihr Heimatsystem abgenommen hatten, erfüllte mich mit Stolz. Das war der Beginn des cantarischen Reiches, das sich eines Tages über die ganze Milchstraße erstrecken würde!

Wie traurig, daß ich keinen Teil an diesem Reich hatte.

Ich mußte zusehen, daß die, die jetzt an der Macht waren, mich nicht erwischten, sonst war mein Dasein beendet.

Um die Mitte des Jahres 500 stellte sich endlich der Erfolg ein, auf den ich zwei Jahre gewartet hatte. Die CHAKTOP-U-MUKHIN kreuzte im Bereich jenes Milchstraßenabschnitts, der von den Galaktikern Westside genannt wird, in etwa 25 000 Lichtjahren Entfernung vom galaktischen Zentrum. Der Syntron meldete sich mit schrillen Lauten, und gleichzeitig begann der Servo zu sprechen.

„Es liegt eine Nachricht über einen Informationshändler Sasirr vor, der seinen Sitz auf einer Welt namens Mizzon hat. Mizzon gehört zur Planetenfamilie einer Sonne, deren Name in der Nachricht nicht genannt wird. Ich glaube jedoch, sie einwandfrei identifiziert zu haben. Ihr Standort liegt einhundertzwölf Lichtjahre entfernt. Sasirr ist ein Topsider, und von den Topsidern wissen wir, daß sie den Cantaro eine gewisse Sympathie entgegenbringen."

8.

Sasirr musterte mich mißtrauisch.

„Ich habe meinen ersten Cantaro vor ungefähr einem Jahr gesehen", sagte er auf Interkosmo. „Du siehst aus, als gehörtest du einer ganz anderen Spezies an."

„Ich kann dir ein paar Worte Cantarisch vorsprechen – eine Sprache, die kein Galaktiker je erlernen kann. Wird dich das überzeugen?"

Ich war bester Laune. Aufgrund aller Informationen, die ich eingezogen hatte, war Sasirr genau derjenige, den ich brauchte.

„Nein, das ist nicht nötig", antwortete er. „Wie kann ich dir helfen?"

Die Topsider waren Echsenabkömmlinge, Lazertiden.

Sasirr war ein typischer Vertreter seiner Spezies: gut einen Kopf kleiner als ich, mit gelben Augen, die ebenso weit aus den Höhlen hervorragten wie die meinen, einer langgezogenen Kieferpartie und einer Nase, die lediglich aus zwei Atemlöchern an der Wurzel des Oberkiefers bestand. Seine Haut war grobgeschuppt. Er trug ein grellgelbes Gewand und saß auf einem Stuhl, dessen Sitzfläche ein Loch enthielt, durch das er seinen Schwanz stecken konnte.

„Ich bin auf der Suche nach einem Artgenossen", sagte ich. „Sein Name ist Phamaq."

Die gelben Augen zuckten.

„Hat dich der gute Geist verlassen. Du suchst ein einzelnes Wesen, und mehr als einen Namen weißt du nicht?"

„Phamaq ist kein Durchschnittscantaro. Vor acht Jahren war er Kommandeur eines großen Raumschiffs", erklärte ich. „Es ist durchaus denkbar, daß er es inzwischen bis zum General gebracht hat. Der Aufenthalt eines Cantaro-Generals müßte leicht ausfindig zu machen sein, nicht wahr?"

Ich hatte die syntronischen Bewußtseinsmodule aktiviert. Sasirr war Händler. Ich wollte mich nicht betrügen lassen. Er wirkte immer noch unbeeindruckt.

„Das macht die Sache *ein wenig* leichter", sagte er gedehnt. „Wenn du wirklich willst, daß ich mich auf die Suche mache, wird dich das eine Menge Geld kosten. Hast du überhaupt Geld?"

„Kein Geld", antwortete ich und klopfte an das Behältnis, das ich mir an den Gürtel geschnallt hatte. „Ware, die dein Herz erfreuen wird. Cantarische Technik."

„Zeig her!" Plötzlich war er interessiert.

Ich zeigte ihm nicht alles: ein paar Mikromodule, ein paar Chach-Kristalle, die hyperenergetische Schwingungen unmittelbar in elektromagnetische umwandeln. Seine Augen wurden größer.

„Aber du darfst mich nicht überfordern“, warnte ich. „So viel ist mir dieser Phamaq nicht wert. Wenn du zuviel verlangst, ziehe ich wieder ab.“

Sein Blick war an den Dingen, die ich auf den Tisch gelegt hatte, wie festgeheftet. Ich sah die Gier in seinen Augen. Wenn ich die richtige Taktik anwendete, würde ich mit ihm ins Geschäft kommen.

„Es fällt mir noch etwas ein“, sagte ich. „Phamaq sieht ähnlich aus wie ich. Ich weiß nicht, was für einen Cantaro du gesehen hast; aber Phamaq ist vom selben Typus wie ich.“

„Das mag helfen“, meinte er, den Blick immer noch auf die Tauschgegenstände gerichtet. „Ich werde mein Bestes tun.“

Er brauchte kein Notizen zu machen. Hoch über dem Tisch schwebte ein Servo, der unser Gespräch aufzeichnete.

„Wo hast du diesen anderen Cantaro gesehen?“ fragte ich.

„Hier“, antwortete er. „Euer Volk beginnt sich auszubreiten, seitdem es nicht mehr mit den Blitzern verwechselt wird.“

„Du meinst, er kam hierher, um Informationen zu kaufen?“

„Aus einem anderen Grund kommt man nicht zu mir.“ Meine Frage hatte ihn sichtlich erheitert. Er verzog das Gesicht zu einer Grimasse. „Er war, glaube ich, ein Scout oder so etwas Ähnliches. Er hatte von seinem Vorgesetzten den Auftrag erhalten, gewisse Dinge in Erfahrung zu bringen.“

„Was wollte er wissen?“

Sasirrs Heiterkeit war plötzlich verdampft. Er lehnte sich in den Stuhl mit der durchlöcherten Sitzfläche zurück. Seine Augen hatten sich zu schmalen Schlitzen verengt.

„Solche Fragen darfst du nicht stellen“, tadelte er. „Kein anständiger Informationshändler erzählt dem einen Kunden von den Anliegen des anderen.“

„Die Information ist mir etwas wert“, sagte ich und schob die Tauschobjekte ein paar Zentimeter weiter in seine Richtung.

Von neuem leuchtete die Gier aus seinen Augen. Er kämpfte mit sich. Aber schließlich hob er die Hand und führte sie mit einer zornigen Bewegung horizontal durch die Luft.

„Nein“, bellte er. „So etwas tue ich nicht.“

„Gut. Ich hoffe, du wirst meinen Fall ebenso diskret behandeln.“

„Darauf kannst du dich verlassen.“

„Ich lasse dir diese als Anzahlung“, sagte ich. „Wenn du die Information beschafft hast, machen wir Endabrechnung.“

„Einverstanden“, antwortete er. „Wo erreiche ich dich?“

Ich erklärte ihm, daß ich an Bord der CHAKTOP-U-MUKHIN auf dem Raumhafen zu erreichen sei, und gab ihm ein paar Rufkodes. Dann machte ich mich auf den Weg.

Ich war mit der nötigen Vorsicht ins Zhisiap-System eingeflogen. (Zhisiap hieß die Sonne, um die der Planet Mizzon sich bewegte, wie ich inzwischen erfahren hatte.) Die Feinortung untersuchte den umgebenden Raum nach den charakteristischen Streuemissionen cantarischer Raumschiffe. Das Ergebnis war negativ: Hier gab es keine Cantaro. Während die CHAKTOP-U-MUKHIN langsam auf Mizzon zudriftete, hörte ich den Funkverkehr ab, der sich zwischen den Planeten – drei von insgesamt dreizehn waren zumindest teilweise besiedelt –

und auf Mizzon selbst abspielte. Dabei war mehrmals von Sasirr die Rede. Er schien ein bedeutendes Mitglied der lokalen Gesellschaft zu sein. Was über ihn gesagt wurde, war nicht immer schmeichelhaft. Er zeichnete sich durch Geldgier aus und war nicht abgeneigt, einen Kunden, der Unmögliches von ihm verlangte, auch einmal zu betrügen. In einem aber waren sich alle einig: Sasirr verstand sein Geschäft. Er war der beste Informationsbeschaffer weit und breit.

Nachdem ich mich solchermaßen vergewissert hatte, daß Sasirr wirklich derjenige war, mit dem ich ins Geschäft kommen wollte, rief ich die Kontrolle des Raumhafens Mizoon an und bat höflich um Landeerlaubnis, die mir sofort gewährt wurde. Es gab auf Mizzon nur einen einzigen Hafen. Die topsidische Siedlung auf dieser Welt schien jüngeren Datums zu sein. Mehr als drei Viertel der Planetenoberfläche waren völlig unberührt. Die einzige größere Stadt befand sich in unmittelbarer Nähe des Raumhafens.

Ich hatte nur wenige Formalitäten zu erledigen, wurde im allgemeinen freundlich behandelt und hatte keine Mühe, Sasirrs Anschrift zu finden. Ich meldete mich bei ihm an. Er war bereit, mich sofort zu empfangen.

Jetzt saß ich in einem Mietfahrzeug und war auf dem Weg zurück zum Raumhafen. Was ich von Sasirr erfahren hatte, stimmte mich nachdenklich. Wenn er mich nicht als Cantaro erkannt hatte, dann konnte das nur bedeuten, daß inzwischen Cantaro der 2. Generation zum Einsatz gelangt waren. Wie konnte das sein? Tichtona und ich wären vor zwei Jahren bereit gewesen, mit der Massenproduktion zu beginnen – vorausgesetzt, die Projektleitung wäre mit Pucht zufrieden gewesen. Aber danach hätte es 18 bis 20 Monate gedauert, bis aus den neuen Klonen erwachsene Cantaro geworden wären. Vor 22 Monaten hatte ich Sampson verlassen. Der Scout, von dem Sasirr gesprochen hatte, war vor einem Jahr auf Mizzon gewesen. Wie sollte man sich so etwas erklären?

Ich erkannte meinen Denkfehler sofort. Der zeitliche Fahrplan, der auf Sampson eingehalten worden war, unterschied sich von dem, dem andere Brutwelten folgten. In anderen Forschungszentren hatte man offenbar schneller gearbeitet. Die ersten Klone der neuen Generation waren Jahre, bevor Tichtona und ich Pucht produziert hatten, aus der Retorte gezogen worden. Das war eben das große Rätsel: Warum mußten wir uns auf Sampson mit Experimenten, Analysen und Probezüchtungen abmühen, wenn auf anderen Zuchtwelten Klone der 2. Generation schon längst produziert wurden?

Bedenklich war natürlich, daß auf Mizzon ab und zu Cantaro erschienen. Ich hatte den Planeten für sicher gehalten und war von Sasirr eines Besseren belehrt worden. Zwar glaubte ich nicht, daß nach knapp zwei Jahren die Suche nach mir immer noch mit voller Energie betrieben wurde. Aber ich war immerhin einer, der in die Geheimnisse der Projektleitung Einblick genommen hatte. Wenn ich erkannt wurde, würde man mich fassen.

Ich nahm mir vor, Sasirr fünf planetarische Tage Zeit zu lassen. Wenn er bis dahin nichts gefunden hatte, würde ich mich von hier absetzen und meine Suche nach Phamaq aufgeben. Die Sache war das Risiko nicht wert. Ich war kein Revolutionär. Ich drängte nicht danach, die Projektleitung als eine nur auf ihre eigenen Interessen bedachte Gruppe von Egoisten zu entlarven. Ich würde mich auf irgendeiner harmlosen Welt niederlassen und vielleicht sogar eine Kharima finden, die mir Tichtona zwar nicht ersetzen, aber mich womöglich ein wenig über ihren Verlust hinwegtrösten konnte.

Meinen Schwur, Tichtonas Tod unter allen Umständen zu rächen, hatte ich im Verlauf zweier Jahre fast schon vergessen.

Ich hatte Sasirr unterschätzt. Am nächsten Morgen, kurz nach Sonnenaufgang, rief er mich an.

„Es könnte sein, daß ich die Information habe, nach der du suchst“, erklärte er.

„Gut. Gib sie mir.“

Sasirrs Mund zog sich in die Breite und nach unten, bis die Mundwinkel fast den Hals erreichten.

„Du hast nicht viel Erfahrung im Umgang mit Händlern“, spottete er. „Komm zu mir und bring deine Tauschobjekte mit. Dann werde ich dir zeigen, was ich erfahren habe.“

Ich verstand ihn. Ich hätte die Information per Interkom übernehmen und dann einfach starten können, ohne dem Händler seinen Lohn auszuzahlen. Sasirr konnte nicht wissen, daß der Ehrenkodex der Cantaro eine solche Handlungsweise nicht zuläßt.

„Ich komme“, versprach ich.

Er empfing mich freundlich, tat geheimnisvoll und sprach von der Mühe, die es ihn gekostet habe, die gewünschte Information so schnell zu beschaffen. Ich wußte, worauf er hinauswollte, und erklärte ihm:

„Ich verlange eine ungefähre Beschreibung der Information, die du mir verkaufen willst – keine Einzelheiten, nur Oberflächliches. Und dann sagst du mir, wieviel du dafür haben willst.“

Darüber mußte er eine Zeitlang nachdenken.

„Also gut“, stimmte er schließlich zu. „Es scheint einen Plan zu geben, wonach ältere Cantaro vorzeitig aus dem Dienst gezogen und auf einer Welt des Ruhestands angesiedelt werden. Ich meine, dein Freund Phamaq müßte sich dort befinden.“

„Was sind ‚ältere Cantaro‘?“ wollte ich wissen.

„Frag mich nicht!“ Er streckte mir abwehrend beide Arme entgegen. „Ich weiß nicht einmal, wie alt ihr Cantaro im Durchschnitt werdet.“

„Was willst du dafür.“

„Laß sehen“, verlangte er.

Ich öffnete das Behältnis und legte langsam einen Gegenstand nach dem anderen auf den Tisch. Die Funktion derer, die er noch nicht kannte, erklärte ich ihm ausführlich. Als ich das Gefühl hatte, ich hätte genug vorgelegt, schloß ich den Behälter wieder.

„Das ist genug. Von größerem Wert *kann* deine Ware gar nicht sein.“

Er protestierte. Ich begann, meine Tauschobjekte wieder einzupacken. Wir fingen an zu feilschen. Es stellte sich heraus, daß er ganz bestimmte Wünsche hatte. Er war schlau. Er hatte sich über cantarische Technik informiert. Schließlich wurde der Handel abgeschlossen. Ich hatte das Gefühl, ich sei nicht allzuschlecht dabei weggekommen.

„Bei der Beschäftigung mit deinem Auftrag habe ich viel Interessantes in Erfahrung gebracht“, begann Sasirr. „Zum Beispiel, daß es zwei Generationen Cantaro gibt. Die ältere sieht so aus wie du, die jüngere so wie der Scout, der vor einem Jahr zu mir kam. Das cantarische Oberkommando ist offenbar bemüht, möglichst viele Posten in der Flotte mit Mitgliedern der neuen Generation zu besetzen. Deswegen werden die Cantaro der alten Generation abgezogen und in den Ruhestand geschickt. Wie ich höre, garantiert man ihnen ein angenehmes, sorgenfreies Leben bis zum Tod.

Ich habe erfahren, daß ein General namens Phamaq bis zum Jahr vierhundertfünfundneunzig infolge seiner Tapferkeit und seiner strategischen Begabung viel von sich reden gemacht hat. Aber seit jenem Jahr hört man nichts mehr von ihm.“

Er sah mich an – erwartungsvoll, wie mir schien.

„Höre, wenn das deine ganze Information ist, dann streiche ich meine Tauschobjekte wieder ein“, sagte ich zu ihm.

Er tat überrascht.

„Was willst du sonst noch wissen?“

„Was nützt mir dein Bericht, wenn du mir nicht sagst, wo sich die Welt befindet, auf der man die alten Cantaro einquartiert, und wie sie heißt?“

„Aah!“ machte er. „Da hast du recht.“

Er griff in eine Lade, die unter der Tischplatte angebracht war, und brachte einen kleinen glitzernden Würfel zum Vorschein. Er legte den Würfel auf den Tisch. Eine Zehntelsekunde später schnellten seine Hände nach vorne und ergriffen meine Tauschgüter. Sasirr zog sie zu sich heran und ließ sie über die Tischkante in die Lade fallen, aus der er den Würfel genommen hatte.

„Ein Datenträger, der alles enthält, was du zu wissen brauchst“, sagte er. „Ich stelle dir gern meinen Hauscomputer zur Verfügung, damit du dich überzeugen kannst, daß du echte astronautische Koordinaten erhalten hast.“

Ich verzichtetete darauf. Wichtig war, ob die Koordinaten tatsächlich den Ort beschrieben, von dem er mir berichtet hatte.

„Sag mir in deinen eigenen Worten, was für eine Welt das ist“, forderte ich ihn auf.

„Sie heißt Pachtuq“, antwortete er. Ich stellte mit Befriedigung fest, daß es sich um einen canatrischen Namen handelte. „Pachtuq ist der zweite von insgesamt sieben Planeten der Sonne Khochad.“ Auch das. „Khochads Standort ist zweihundertdreißig Lichtjahre von einem roten Stern entfernt, der in den galaktischen Sternenkatalogen unter dem Namen Bedden geführt wird. Bedden und Khochad liegen weit draußen am Rand der Milchstraßenhauptebene.“

Ich hatte den Eindruck, daß ich ihm vertrauen durfte. Ich öffnete den Behälter an meinem Gürtel noch einmal und legte einen weiteren Chach-Kristall auf den Tisch.

„Ich glaube, du hast mich gut bedient“, sagte ich. „Sollte mich mein Glaube täuschen, wirst du mich wiedersehen.“

Er hatte den Kristall sofort ergriffen und verstaut. Wir verabschiedeten uns so freundlich voneinander, wie es zwischen einem Cantaro und einem Topsider möglich ist. Ich kehrte auf dem schnellsten Wege zum Raumhafen zurück. Es hielt mich nicht mehr auf Mizzon. Wenn man seit fünf Jahren von Phamaq nichts mehr gehört hatte, dann mochte das bedeuten, daß man ihn in den Ruhestand und nach Pachtuq geschickt hatte. Es konnte aber auch sein, daß er gegen irgend jemandes Geheimhaltungsvorschriften verstoßen hatte; denn er war ebenso wißbegierig wie ich. Dann war ihm dasselbe Schicksal widerfahren wie Tichtona und Josanghatt.

Die Ungewißheit machte mir zu schaffen. Ich ersuchte die Hafenkontrolle um Starterlaubnis, die mir sofort gewährt wurde. Sasirrs Datenwürfel bedeutete für meinen Syntron keine Schwierigkeit. Er entschlüsselte die Koordinaten und verglich sie mit Werten, die im cantarischen Sternenkatalog enthalten waren.

„An der angegebenen Stelle befindet sich tatsächlich ein Stern mit sieben Planeten", sagte er. „Weder die Sonne noch einer der Planeten hat einen Namen."

Das ließ sich verstehen. Es war mittlerweile neun Jahre her, seit man den Katalog der CHAKTOP-U-MUKHIN das letztemal überarbeitet hatte.

Minuten später waren wir unterwegs. Die Entfernung betrug 32 000 Lichtjahre. Ich hatte den Autopiloten angewiesen, während der Hyperflugphasen mit maximalem Überlichtfaktor zu arbeiten.

Mir war klar, daß ich gefährliches Gelände betrat, als sich die CHAKTOP-U-MUKHIN dem Khochad-System näherte. Der Planet Pachtuq war eine cantarische Siedlung. Mochten dort auch nur „ältere Cantaro" untergebracht sein, wie Sasirr sich ausgedrückt hatte: Die Gefahr bestand dennoch, daß irgendeiner sich beim Supremkommando einschmeicheln wollte und mich verriet. Die Frage war, welche Kommunikationsmittel den Bewohnern von Pachtuq zur Verfügung standen. In zwei Lichtjahren Entfernung ging ich zunächst auf Warteposition und horchte das Khochad-System mit allen Mitteln ab, die mein Schiff besaß.

Auf den Hyperfunkbändern war alles still. Das mochte bedeuten, daß es auf Pachtuq keinen Hypersender gab. Es konnte aber auch sein, daß im Augenblick gerade nicht gesendet wurde. Im längerwelligen Bereich des elektromagnetischen Spektrums dagegen gab es im Innern des Systems eine strahlende Energiequelle: ein Anzeichen dafür, daß auf Pachtuq reger konventioneller Funkverkehr herrschte.

Ich wartete zwei Tage, und als ich bis dahin immer noch kein hyperenergetisches Signal empfangen hatte, war ich bereit zu glauben, daß man darauf verzichtet hatte, den „Alten" Hyperfunkgeräte zur Verfügung zu stellen. Der Begriff „ältere Cantaro" irritierte mich erheblich. Er schien sich auf alle Angehörigen meiner Generation zu beziehen. Ich war dreißig Standardjahre alt. Wer besaß soviel Impertinenz, mich einen älteren Cantaro zu nennen?

Wer keinen Hyperfunk besitzt, der verfügt gewöhnlich auch nicht über eine weitreichende Orteranlage. Die CHAKTOP-U-MUKHIN nahm Fahrt auf und näherte sich dem System in forschem Tempo. Das Risiko schien geringer, als ich bisher angenommen hatte. Immerhin vergaß ich die Vorsicht nicht gänzlich. Ich steuerte mein Schiff, im Schutz mehrfach gestaffelter Feldschirme, in die Chromosphäre der Sonne Khochad. Ein paar tausend Kilometer über der Oberfläche der Photosphäre brachte ich die CHAKTOP-U-MUKHIN in einen stabilen Orbit. Beim Anflug, der mich innerhalb der Korona mehrmals um die fremde Sonne herumgeführt hatte, waren zahlreiche Mikrosonden ausgeschleust worden. Sie schwammen im äußeren Bereich der Korona. Ich würde sie von

Pachtuq aus jederzeit ansprechen können. Sie dienten als Relais. Die CHAKTOP-U-MUKHIN konnte ihre Signale mühelos empfangen.

Nachdem all diese Vorbereitungen getroffen waren, bestieg ich das größere der beiden Beiboote, die mein Schiff an Bord führte – es hatte einen Gleiter geladen –, schaltete für allerkürzeste Zeit linear aufgereihte Strukturlücken in die Feldschirmhüllen und machte mich auf den Weg. Das Boot war ebenfalls in leistungsfähige Schutzschirme gehüllt. Die metaweltlichen Temperaturen der an Energie reichen, an Materie armen Chromosphäre vermochten ihm nichts anzuhaben.

Oberhalb der Korona begann ich zu beschleunigen. Ich hatte mir inzwischen eine Methode ausgedacht, wie ich mich mit Phamaq in Verbindung setzen könnte, ohne Verdacht zu erregen. Ich kannte den Namen eines seiner Freunde, der mit seinem Raumschiff von einem Einsatz gegen eine terranische Kriegsflotte nicht zurückgekehrt war. Über sein Schicksal war nichts bekannt. Man hatte ihn für tot erklärt, mitsamt der übrigen Besatzung des Schiffes. Aber was wirklich mit ihm geschehen war, wußte niemand. Sein Name war Okhunaar.

Ich näherte mich Pachtuq und ging in 300 Kilometern Höhe in den Orbit. Bisher war ich nicht angesprochen worden. Ich nahm mir Zeit, den Planeten mehrmals zu umkreisen. Es war eine schöne Welt, ähnlich wie Sampson. Es gab viele Wälder, lange Bergketten und vor allen Dingen weite Ozeane. Die Polkappen waren mäßig vereist. An den Waldrändern sah ich vereinzelt kleine Siedlungen. Die Abschiebung der älteren Cantaro war offenbar noch lange nicht abgeschlossen. Wir waren immerhin 20 Millionen. Aus der Anzahl der Siedlungen errechnete ich, daß im Augenblick höchstens 6 Millionen Alte auf Pachtuq lebten.

Nach zehn Umkreisungen begann ich zu funken.

„Hier spricht Okhunaar. Ich suche meinen Freund

Phamaq. Phamaq, wenn du dort unten bist, wie man mir gesagt hat: Melde dich!"

Ich benützte eine gängige elektromagnetische Frequenz im superkurzwelligen Bereich des Radiospektrums. Als ich viermal gerufen hatte, erhielt ich Antwort.

„Okhunaar, du Liebling des Geistes der Klarheit!" rief eine krächzende Stimme, die sich anhörte, als gehöre sie einem Greis, der schon an der Schwelle des Todes stand. Ich schob's auf die schlechte Verbindung. „Haben sie dich auch abgeschoben?"

„Nein, ich komme aus eigenem Antrieb", antwortete ich. Obwohl ich mit syntronischer Bewußtseinsstützung arbeitete, weil ich mir in dieser Situation auch nicht den geringsten Fehler erlauben konnte, rann mir eine Welle der Freude durch den Körper. Ich hatte Phamaq gefunden – wenn er das wirklich war, der mich da ankrächzte. „Ich komme, um dich zu besuchen. Ich habe gehört, daß es sich auf Pachtuq gut leben läßt. Wenn es mir gefällt, bleibe ich hier. Sie werden mich ohnehin bald in den Ruhestand versetzen."

„Komm herunter!" krächzte es aus dem Empfänger. Eine Bildübertragung gab es nicht. „Ich nenne dir die Koordinaten meines Wohnorts."

Er nannte mir Länge und Breite seines Wohnorts und bezeichnete ein charakteristisches Oberflächendetail, das den Nullmeridian definierte. Ich mußte den Planeten noch einmal umkreisen, dann wußte ich Bescheid. Phamaq wohnte auf der Nordhalbkugel des Planeten auf 28 Grad Breite, etwa 15 Kilometer von der Küste eines Meeres entfernt, auf einem weitreichenden, sanftgeneigten Hang, der nach Norden hin zu einer mächtigen Gebirgskette emporführte.

Ich drosselte die Geschwindigkeit meines Bootes und ließ es gemächlich in die Tiefe sinken.

Ein paar Häuschen standen weit verstreut am Rand des Waldes. Ich war meiner Sache immer noch nicht ganz sicher, obwohl sich alles harmlos genug ausnahm, und war im Wald gelandet. Dem Boot hatte es keine Mühe gemacht, ein paar exotische Bäume beiseite zu drücken und auf seinem Prallfeld sicheren Halt zu finden. Ich trug die leichte Bordkombination und in einem automatischen Halfter am Gürtel eine Kombinationswaffe.

Der erste Eindruck, der sich mir nach Verlassen des Bootes einprägte, war der absoluter Stille. Kein Lüftchen regte sich; kein Tierlaut war zu hören. Auch von der Siedlung her kam kein Geräusch. Ich bahnte mir einen Weg durchs Gestrüpp und gelangte nach wenigen Minuten an den Waldrand.

Ich sah mich um. Vor mir lagen die kleinen Häuser der Siedlung, primitiv aus Gußsteinen aufgeführt. Der Ort wirkte wie ausgestorben. Nirgendwo zeigte sich eine lebende Seele. Das wunderte mich. Phamaq wußte doch, daß ich aufgrund seiner Koordinaten wohl die Siedlung, aber nicht sein Haus finden konnte. Warum ließ er sich nicht sehen? Warum stand er nicht vor seiner Behausung und winkte mir zu, immer noch in der Meinung, ich sei Okhunaar? Erwartete er von mir, daß ich von Tür zu Tür ging, bis ich die seine gefunden hatte?

„Du bist nicht Okhunaar“, sagte es da seitwärts im Gestrüpp.

Die krächzende, altersschwache Stimme sprach cantarisch. Der Translator gehörte zur technischen Grundausstattung meiner Montur. Er schaltete sich automatisch ein und übersetzte das, was ich schon verstanden hatte, ins Interkosmo.

Ich wandte mich langsam um und erschrak. Was da mühsam aus dem Unterholz hervorgekrochen kam, war nur noch das Wrack eines Cantaro: hochgewachsen zwar, aber vornübergebeugt und mit der grauen, faltigen Haut des hohen Alters. Dennoch erkannte ich Phamaq sofort.

„Nein, Phamaq, ich bin nicht Okhunaar“, antwortete ich. „Es tut mir leid, wenn ich dich enttäusche. Ich gebrauchte den Namen deines Freundes aus Gründen, die ich dir gerne nennen werde, wenn du bereit bist, dich mit mir zu unterhalten.“

Er trat auf mich zu. Sein Blick war unsicher.

„Du bist Ghebrokhte, nicht wahr?“ fragte er.

„Ich bin Ghebrokhte“, bestätigte ich.

Da kam er noch näher. Er wollte seine Schulter an meine lehnen, wie es gute Freunde tun, wenn sie einander nach langer Trennung begrüßen. Aber als er sich zur Seite neigte, wäre er um ein Haar gestürzt. Ich griff rechtzeitig zu und fing ihn auf. Ich drückte ihn an mich. So standen wir lange Zeit, Seite an Seite, und ich war so erschüttert, das ich zu zittern begann.

Was war geschehen? Ich kannte Phamaqs Alter nicht; aber als wir noch an Bord der TURR-Y-KHAMM waren, hatte ich den Eindruck, er könne höchstens 25 oder 30 Jahre älter sein als ich. Er hatte selbst noch den Auszug aus Neyscuur miterlebt, das wußte ich. Unsere durchschnittliche Lebenserwartung betrug Hunderte von Jahren. Warum hatte Phamaq das Aussehen und das Gehabe eines Greises, der nur noch einen Schritt vom Tod entfernt steht?

„Komm mit mir“, sagte er mit matter Stimme. „Ich biete dir Speise und Trank, und dann laß uns sprechen.“

Er schob meine Hand von sich, straffte sich mit Mühe zu aufrechter Haltung und schritt vor mir her. Er trug ein einfaches, graues Gewand, das ihm wie ein Sack um den Körper baumelte.

„Ich habe dein Boot kommen sehen“, sagte er, ohne den Kopf zu wenden. „Da dachte ich, es wäre besser, wenn ich dir entgegenginge. Als ich erkannte, daß du nicht Okhunaar warst, war ich zunächst enttäuscht. Aber dein Gesicht kam mir bekannt vor. Ich suchte in meiner Erinnerung, und schließlich fand ich es: Du warst

Ghebrokhte, der mit mir an Bord der TURR-Y-KHAMM Dienst tat. Da blühte plötzlich die Freude in meiner Seele. Ich wußte, daß du gekommen warst, um uns zu helfen. Du sahst noch so jung und kräftig aus . . ."

„Ich werde helfen, wo ich kann, Phamaq", fiel ich ihm ins Wort, bevor er seine Hoffnungen allzu deutlich ausdrücken konnte. Wenn ich ihm doch nur auf sanfte, nichtverletzende Art hätte beibringen können, daß in Wirklichkeit *ich* es war, der der Hilfe bedurfte. Nun, die Zeit würde kommen.

Das Häuschen, in dem Phamaq wohnte, maß nicht mehr als vier mal acht Meter im Grundriß. Es war in drei Räume eingeteilt. Der vordere, der die einzige Tür des Hauses enthielt, galt als Wohnraum. Ein offener Durchgang führte durch eine Trennwand in den rückwärtigen Teil des armseligen Gebäudes. Dort befanden sich der Schlafraum und eine winzige Kammer, die hygienischen Zwecken diente. Die Einrichtung war denkbar spärlich. Für einen General im Ruhestand hätte man sich etwas Besseres gewünscht.

Die Tür, aus schwerem Metall gefertigt, fiel krachend hinter uns ins Schloß. Durch zwei kleine Fenster drang spärliches Licht. Mir war aufgefallen, als Phamaq mir auf dem Weg hierher seine Behausung beschrieben hatte, daß ein wichtiger Bestandteil zeitgenössischer Wohnkultur fehlte. Nachdem er mir einen Sitz angeboten und ich mich niedergelassen hatte, fragte ich:

„Wie ernährst du dich, Phamaq? Es gibt keine Küche in deinem Haus."

„Ich werde versorgt. Ich habe einen Betreuer, der mehrmals am Tag . . ." Er unterbrach sich. Auch ich hörte das Summen eines Gleitermotors. Das Fahrzeug hatte vor dem Haus haltgemacht. Schritte näherten sich der Tür. Die Tür flog auf, und ein Wesen war zu sehen, bei dessen Anblick mir der Atem stockte.

Es war ein Cantaro, aber keiner aus meiner Generation. So hätte Pucht jetzt ausgesehen, wenn man ihm je eine Chance gegeben hätte aufzuwachsen.

9.

„Ich sprach gerade von ihm", sagte Phamaq zu mir. „Das ist Borrhuch, mein Betreuer."

Borrhuch musterte mich mit unverhohlenem Mißtrauen.

„Wer bist du?" fragte er barsch.

„Mookhpagh", antwortete ich.

„Woher kommst du?"

„Aus Ghaghitan", nahm Phamaq mir die Antwort ab.

„Zu Fuß?" zweifelte Borrhuch. „Über vierzig Kilometer?"

„Sein Betreuer hat ihn per Gleiter hierhergebracht", erklärte Phamaq, „und ist gleich wieder umgekehrt. Mookhpagh wird ein paar Tage hier verbringen. Wir sind alte Freunde. Er ist mit dem letzten Transport auf Pachtuq angekommen und hat erst vor kurzem erfahren, daß ich hier wohne."

Phamaq mochte einen greisenhaften, zerbrechlichen Eindruck machen. Aber sein Gehirn funktionierte noch ausgezeichnet. Borrhuchs Mißtrauen verflog. Er trug einen Behälter, den er jetzt zu Boden setzte.

„Ich werde sehen, ob ich für ein paar Tage lang jeweils zwei Rationen auftreiben kann", sagte er.

Dann wandte er sich um und warf die Tür hinter sich zu.

„Ich danke dir", rief Phamaq hinter ihm her.

Ich glaubte nicht, daß Borrhuch die Worte noch hören konnte. Und wenn doch, dann bedeutete ihm der Dank des Alten wahrscheinlich nichts. Ich war erschüttert. Ich hatte erwartet, auf Pachtuq ein Ruhestandsparadies für Cantaro zu finden, die sich jahrzehntelang um ihr Volk verdient gemacht hatten und jetzt auf würdevolle Art und Weise abgeschoben wurden, um einer neuen Generation Platz zu machen. In Wirklichkeit aber war Pachtuq ein Greisenasyl, in dem junge, arrogante Cantaro der zweiten Generation den Ton angaben und die Ruheständler wie Wesen minderen Grades behandelt wurden. Freilich mußte ich mich vor voreiligen Schlüssen hüten. Vielleicht war Phamaq ein Einzelfall. Und Borrhuchs anmaßendes Verhalten brauchte nicht zu bedeuten, daß alle Betreuer von dieser Art waren.

„Das ist meine Mittagsmahlzeit“, sagte Phamaq und wies auf den Behälter, der in der Nähe der Tür stand. „Ich werde sie vorläufig nicht anrühren und warne auch dich, davon zu genießen. Warte, ich bringe uns etwas. Das Wiedersehen muß gebührend zelebriert werden.“

Er verschwand durch die Trennwand und kehrte Augenblicke später mit zwei gefüllten Bechern zurück. Wir tranken. Das Getränk war ein billiger Wein mit synthetischem Ahorngeschmack. Während wir tranken und Sprüche auf den guten Geist der Klarheit ausbrachten, zermarterte ich mir das Gehirn, wie ich Phamaq, ohne ihn zu verletzen, danach fragen konnte, warum er in so kurzer Zeit zum Greis geworden war. Er kam mir zuvor.

„Du wirst dich wundern, daß ich, ein Fünfzigjähriger, aussehe, als wäre ich dreihundert Jahre alt“, sagte er. „Du wirst es rechtzeitig erfahren. Aber erst will ich deine Geschichte hören. Was tust du hier? Wie kommst du hierher? Wie ist es dir ergangen, seit wir einander das letztemal sahen?“

Ich sah mich mißtrauisch um.

„Keine Sorge“, verspottete er mich. „Ich habe an deinem falschen Namen schon gemerkt, daß du etwas zu verbergen hast. Aber hier gibt es keine Abhörgeräte. Wer wollte uns Alten zutrauen, daß wir Gefährliches sagen oder tun könnten?“

Ich erstattete Bericht – wahrheitsgemäß und ausführlich – von jenem Augenblick an, da ich mich auf Schotschi von Phamaq verabschiedet hatte, bis zum heutigen Tag. Er hörte mir aufmerksam zu und unterbrach mich kein einziges Mal.

„Ich weiß mir zu schätzen, daß du ausgerechnet bei mir Zuflucht suchen wolltest“, sagte er, nachdem ich geendet hatte. „Wie du siehst, ist Pachtuq keine sichere Welt. Unsere Betreuer sind zwar geistig nicht die regsten, und es hat wahrscheinlich keiner von ihnen je von Ghebrokhte gehört, aber sie gehören der neuen Generation an und sind voller Eifer, jeden Befehl des Supremkommandos gewissenhaft auszuführen. Wenn es der Zufall will, kommt dein Name irgendwo auf und der nächste Transport bringt eine Suchmeldung, und schon haben sie dich fest. Und was die Informationen anbelangt, die du von mir erhalten könntest: Ich habe seit fünf Jahren keine Neuigkeiten mehr gehört. Wir haben keine Verbindung mit der Außenwelt. Im Jahr vierhundertfünfundneunzig wurde ich in den Ruhestand versetzt und nach Pachtuq abgeschoben.“

„Welches waren deine Aufgaben bis zu diesem Jahr?“ fragte ich. „Man hört, daß du dich in zahlreichen Auseinandersetzungen ausgezeichnet hättest und dafür zum General befördert worden wärest.“

„Ich bekam einen Flottenverband zugeteilt“, antwortete er. „Wir hatten Aufräumarbeiten zu erledigen. In der Lokalen Gruppe tobte noch immer der Große Krieg. In der Milchstraße waren riesige Flotten der Hauri und der Kartanin unterwegs. Hauri und Kartanin sind Völker, die in der Fremdgalaxis Hangay ihren Sitz haben. Unsere Aufgabe war, die Fremden zu vertreiben. Außerdem mußten wir uns gegen die Galaktiker wehren, die uns damals noch immer für Blitzer hielten. Inzwischen hatten die haurischen und kartanischen Verbände gemerkt, daß die Milchstraße im Begriff war, sich hermetisch vom Rest des Universums abzuriegeln. In vielen Bereichen der Peripherie waren die beiden Wälle schon großflächig und lückenlos. Dadurch wurde uns die Arbeit erleichtert; denn als die Fremden begriffen, daß sie bald nicht mehr in ihre Heimatgalaxis würden zurückkehren können, da nahmen sie schleunigst Reißaus. Mit dem Rest machten wir kurzen Prozeß. Nachdem die Wälle sich allseitig geschlossen hatten, blieben noch ein paar kleine Hauri- und Kartanin-Verbände übrig. Wir stöberten sie auf und machten kurzen Prozeß mit ihnen. Dann wurde ich nach Schotschi beordert.

Das Supremkommando lobte mich und erzählte mir, wie tapfer ich mich geschlagen hätte. Ich war ein Jahr zuvor schon in den Generalsrang erhoben worden. Ich hätte die Ruhe verdient, meinten die Kommandeure. Außerdem sei es an der Zeit, einer neuen Generation Gelegenheit zur Bewährung zu geben. Ich wollte wissen, wer denn die andere Generation sei. Aber darauf bekam ich keine Antwort. Im Gegenteil: Man gab mir, den man soeben noch gelobt hatte, ziemlich grob zu verstehen, daß ich mich nicht um Dinge zu kümmern hätte, die mich nichts angingen.

Also wurde ich mit etlichen hundert anderen nach Pachtuq abgeschoben. Diese Siedlung hier, Khambok, wurde als eine der ersten gebaut. Die Betreuer kamen gleich mit uns. Da hatte ich zum erstenmal die Möglichkeit, mir die neue Generation aus der Nähe zu betrachten. Sie gefiel mir nicht. Sie war mir zu humanoid. Es stellte sich bald heraus, daß das Mißfallen auf Gegenseitigkeit beruhte. Die Betreuer empfanden Verachtung uns gegenüber. Wahrscheinlich empfinden sie es als Erniedrigung, daß sie uns täglich viermal mit Nahrung versehen und uns ins Medozentrum bringen müssen, wenn wir krank werden. Uns Alten ist inzwischen der Mut ausgegangen. Wir bäumen uns nicht mehr auf. Wir verbringen unsere Tage in Stille und Einsamkeit und warten auf den Tod."

Während seines Berichts war mir eine Frage in den Sinn gekommen.

„Wenn die Ausmusterung alle Cantaro unserer Generation betrifft, existiert dann das ursprüngliche Supremkommando noch?"

„Ich glaube es nicht", antwortete er. „Von irgend jemand habe ich gehört, daß Thonkarr in eine der Siedlungen eingeliefert wurde. Er soll inzwischen gestorben sein."

Ich war erschüttert. Was ging da im Hintergrund vor? Welch unheimlichen Kräfte waren da am Werk, die die gesamte cantarische Gesellschaft von innen nach außen stülpten?

„Wenn die Ausmusterung schon vor fünf Jahren begonnen hat", fuhr ich in meiner Wißbegierde fort, „wie kommt es dann, daß hier auf Pachtuq höchstens ein Drittel der Gesamtbevölkerung der ersten Generation lebt? Fünf Jahre sind genug Zeit, um alle zwanzig Millionen Cantaro unserer Generation abzuschieben."

„Manche werden noch gebraucht – so wie du und Tichtona, Rekhrioch, Fimbraich, Josanghatt", sagte Phamaq. „Aber das ist gewiß nur ein winziger Bruchteil. Dann muß man die Möglichkeit in Betracht ziehen, daß es mehrere Welten wie Pachtuq gibt. Wen du hier nicht findest, der lebt vielleicht auf einer der anderen Ruhestandswelten. Der wichtigste Faktor aber ist sicherlich der, daß die Ruheständler ebensoschnell sterben, wie sie antransportiert werden."

Ich war überrascht.

„Wie kommt das?" fragte ich.

„Wir werden vergiftet", antwortete er.

„O nein, so schlimm ist es nicht!" versuchte er, mich zu beruhigen, als er mein Entsetzen bemerkte. „Es geht alles sehr schmerzlos zu. Sie versetzen unseren Proviant mit irgendeiner geschmacksfreien Droge, die den Alterungsprozeß nachhaltig beschleunigt. Das Heimtückische an der Substanz ist, daß sie im ersten Jahr keinerlei erkennbare Wirkung zeigt. Zu Beginn des zweiten Jahres macht sich dann der akkumulierte Effekt über Nacht bemerkbar, und das Opfer altert in kürzester Zeit um ein ganzes Jahrhundert. Von da an geht der Prozeß mit geringerer Geschwindigkeit weiter, bis schließlich der Tod eintritt."

Ich hatte mein seelisches Gleichgewicht immer noch nicht ganz wiedergewonnen.

„Wer hat das angeordnet? Warum wird das getan?"

„Die zweite Frage läßt sich leicht beantworten", sagte er. „Man will uns loswerden. Es wird eine neue Ordnung eingeführt. Die cantarische Gesellschaft wird umorganisiert. Man sagt, daß die Cantaro in naher Zukunft die Milchstraße beherrschen werden. Dazu braucht man Kämpfernaturen und Hilfsvölker, die jedem Befehl blindlings gehorchen. Wir von der alten Generation haben zwar auch unseren Ehrgeiz. Die Beherrschung der Milchstraße wäre auch für uns ein erstrebenswertes Ziel gewesen. Aber wir sind nicht ehrgeizig genug. Man braucht Draufgänger, die den Tod und die Geister der Metawelt nicht fürchten. Wir wären zu langsam gewesen. Da züchtete man ganz einfach eine neue Generation, die in Wirklichkeit eine neue Spezies ist."

Er hatte mich nachdenklich gestimmt. Im Jahr 495 waren die ersten Klone aufgetreten. Damals hatten Tichtona und ich noch mühselig mit unserem Keimmaterial experimentiert und der Projektleitung die allerersten Embryonalproben geliefert. Es ergab immer weniger Sinn. Warum hatten wir uns mit kleinkrämerischen Genmanipulationen, gentechnischen Analysen und Zuchtversuchen beschäftigen müssen, während andernorts die Klone der neuen Generation schon in Massen produziert wurden?

Ich erinnerte Phamaq an meine erste Frage. Er machte eine abwehrende Geste.

„Ich weiß nicht, wer es angeordnet hat“, sagte er. „Ich habe Borrhuch darauf angesprochen. Er hält mich für verrückt. Es gäbe kein Gift, behauptet er. Er äße denselben Proviant. Das mag richtig sein. Schließlich gehört er einer neuen Spezies an, die vermutlich gegen das Gift immun ist. Daß er selber das Gift nicht beimengt, glaube ich ihm auch. Unsere Nahrung wird in einer automatisch arbeitenden Fertigungsstätte hergestellt. Die Grundstoffe, die sie verwendet, werden von Versorgungsschiffen angeliefert. Das Zeug kommt wahrscheinlich schon vergiftet hier an.“

„Könnten die Auftraggeber die Herren der Straßen sein?“ fragte ich vorsichtig.

„Ich weiß so gut wie nichts über die Herren der Straßen“, sagte Phamaq. „Sie stehen noch höher als das Supremkommando und sind auf Terra angesiedelt. Wenn es sie wirklich gibt, dann sind womöglich sie diejenigen, die unsere Vergiftung angeordnet haben. Aber es ist nutzlos, darüber zu spekulieren.“

„Sind die Herren der Straßen Cantaro?“ wollte ich wissen.

„Ich wiederhole mich“, antwortete er in bedauerndem Tonfall. „Wenn es die Herren der Straßen wirklich gibt, dann müssen sie Cantaro sein. Es ist undenkbar, daß das damalige Flotten- und heutige Supremkommando sich Andersartigen untergeordnet hätte.“

Wir tranken von dem schlechten Wein. Ich sah, wie Phamaqs Hand zitterte. Ich empfand Trauer und Zorn zugleich. Wer hatte das Recht, so mit uns umzuspringen?

„Dieser hier ist nicht vergiftet, glaube ich“, sagte Phamaq und betrachtete seinen Becher angelegentlich. „Wenn er genug Nährwert besäße, hätte ich mich nur von ihm ernährt.“

„Bietet der Wald keine eßbaren Früchte und Tiere?“

„Früchte mußt du erst probieren, und wenn du die falsche erwischst, bist du gleich tot. Tiere gibt es kaum, und vor allen Dingen: Wie wolltest du sie ohne Waffe erlegen?“

Ich machte ihm ein Angebot. Ich würde ihn mit an Bord der CHAKTOP-U-MUKHIN nehmen und auf einer Welt absetzen, auf der er sich in medotechnische Behandlung begeben könnte. Er wollte davon nichts wissen.

„Erstens, mein Freund, habe ich nicht mehr lange zu leben. Für die Tage, die mir noch bleiben, werde ich keine Raumreise über Tausende von Lichtjahren unternehmen. Es könnte dir passieren, daß du eine Leiche an Bord hättest, wenn wir am Ziel ankommen. Und zweitens hätten sie mich sofort wieder eingefangen. Ich danke dir für deine Freundlichkeit, aber es wäre recht sinnlos, dein Angebot anzunehmen.“

Er erhob sich mühsam. Er schien in den wenigen Stunden unseres Beisammenseins um Jahre gealtert. Ich hütete mich, ihm behilflich zu sein. Das wäre als Beleidigung empfunden worden. Er nahm den Behälter auf, den Borrhuch bei der Tür abgesetzt hatte, und stellte ihn auf den niedrigen Tisch. Er entfernte die Abdeckung und nahm Speisen und Getränke heraus. Sie waren fertig zubereitet, zum Teil in Warmhaltefolie verpackt und wirkten recht appetitlich. Welch perfide Idee: Man servierte den Alten attraktive Nahrung, damit sie auch ja das Gift zu sich nahmen! Phamaq nahm ein paar Päckchen und brachte sie in den rückwärtigen Raum. Eine bauchige Flasche Wein ließ er auf dem Tisch stehen. Er aß. Ich sah, daß er einen kräftigen Appetit besaß. Wein wurde nachgeschenkt.

„Es tut mir leid, daß ich dir nichts anbieten kann“, sagte Phamaq. „Aber es wäre nur zu deinem Schaden, wenn du von dem Zeug äßest. Hast du Hunger?“

„Mäßigen“, antwortete ich. „Aber ich habe Konzentratnahrung bei mir.“

„Gut. Du bist mein Gast, nicht wahr? Du kannst in diesem Raum schlafen, falls es dich nach Schlaf gelüstet."

„Ich nehme an", sagte ich.

Es wäre mir schwergefallen, den Alten allein zu lassen. Nachdem Phamaq seine Mahlzeit beendet und die geleerten Päckchen in den Behälter zurückgeschoben hatte, saßen wir noch lange und unterhielten uns. Wir sprachen über vergangene Zeiten und spekulierten über die Gegenwart. Draußen war längst die Nacht hereingebrochen. Später ging Phamaq zur Ruhe. Ich hatte mir aus den vorhandenen Polsterstücken ein primitives Lager bereitet. Bevor ich mich hinlegte, setzte ich mich mit Hilfe des Mikrokoms der zur technischen Ausstattung meiner Montur gehörte, mit meinem Boot in Verbindung, und das Boot nahm seinereits, auf dem Umweg über die Sonden, Kontakt mit der CHAKTOP-U-MUKHIN auf. Es war alles in Ordnung. Die Sensoren hatten keinerlei verdächtige Bewegung im Umkreis registriert.

Der Tag war anstrengend gewesen, nicht für den Körper, wohl aber für den Verstand. Ich überließ mich willig dem Schlaf.

Als der erste Strahl der fremden Sonne schräg durch das Fenster stach und mein Gesicht streifte, war ich sofort hellwach. Nach einer ausgedehnten Schlafperiode schalten sich die syntronischen Bewußtseinmodule automatisch ein und verhindern den Zustand der Benommenheit, der sonst ein paar Minuten nach dem Erwachen anhält.

Ich stand auf und räumte die Polster beiseite. Von Phamaq war nichts zu hören. Schlief er noch? Ich trat seitwärts an die Öffnung, die durch die Trennwand führte, und versuchte, seine Atemzüge zu hören. Aber im Schlafraum war alles still. Sollte er das Haus verlassen haben? Das war so gut wie unmöglich. Ich schlief gewöhnlich fest und tief. Aber es gab Module in meinem

Körper, die mich aufmerksam machten, wenn sich während des Schlafes etwas in meiner Nähe bewegte.

Ich trat durch die Öffnung. In diesem Raum gab es nur ein einziges Fenster. Es herrschte Halbdunkel. Phamaq lag auf einer einfachen Liege, immer noch mit seinem grauen Sackgewand angetan. Er hatte die Augen offen.

„Phamaq?“ sagte ich leise.

Er antwortete nicht. Da trat ich näher hinzu und beugte mich über ihn. Seine Augen waren rot verfärbt. Er war tot.

Einen Augenblick stand ich starr. Dann flutete mir der Zorn durch Körper und Seele. Ich begann zu schreien.

„Wer hat diesen Mord begangen? Derselbe, der Tichtona und Josanghatt auf dem Gewissen hat? Was gibt euch das Recht, uns einen nach dem andern umzubringen? Was für Barbaren müßt ihr sein! Feiglinge obendrein! Ihr schlagt aus dem Verborgenen zu und verkriecht euch gleich danach wieder in euer Versteck. Die Geister der Metawelt sollen euch holen!“

Es war eine rein emotionale Reaktion. Es gab niemand, der mich hören konnte. Ich spürte, daß das Gefühl mit mir durchgehen wollte, und schaltete die Module wieder ein, die sich zuvor selbsttätig desaktiviert hatten. Da hörte ich eine Stimme, die aus dem vorderen Raum zu kommen schien. Schweiß bildete sich auf meinem Schädel. Diese Stimme kannte ich. Sie sprach Interkosmo, und ich hatte sie schon etlichemal gehört.

„Zügle deinen Zorn, Ghebrokhte“, sagte sie. „Ein Herr der Straßen ist gekommen, um mit dir zu sprechen. Ich habe dir einen Befehl zu erteilen.“

„Bist du diesmal wirklich da?“ schrie ich. „Oder bekomme ich wieder nur weise Worte in Interkosmo zu hören? Warum sprichst du nicht cantarisch zu mir?“

„Ich beherrsche das Cantarische nicht“, kam die Antwort.

Mir schoß das Blut in den Kopf. Der Mikromed

verabreichte mir ein Mittel, das den Kreislauf stabilisierte. Ich trat durch die Öffnung.

Er stand da und musterte mich mit abschätzigem Blick. Ich spürte, wie ein Teil meiner Seele gefror. Der Schock war fürchterlich. Dieses Wesen war keiner aus meinem Volk; es war kein Cantaro! Am ehesten sah es noch einem verhaßten Terraner ähnlich. Das Äußere des Mannes war wenig beeindruckend. Der Leib wirkte aufgequollen wie bei einem, der keine Zeit darauf verschwendet, seinem Körper physische Anstrengung zuzumuten. Das Gesicht war blaß und schwammig. Nur in den Augen glomm Leben: ein böses, grausames Feuer.

Ich kämpfte die Überraschung nieder.

„Du willst ein Herr der Straßen sein?“ fragte ich, mühsam beherrscht.

Innerlich war ich so erregt, daß ich cantarisch sprach. Der Translator im Halssegment meiner Montur übersetzte meine Worte.

„Ich bin ein Herr der Straßen“, antwortete er auf interkosmo. „Mein Name ist Pedrass Foch; aber du hast mich einen weisen Herrn zu nennen. Und du wirst tun, was ich dir befehle.“

Da packte mich von neuem die Wut. Kein Terraner-Schwächling würde mir je sagen, was ich zu tun oder zu lassen hatte. Ich warf mich vorwärts. Ich würde den aufgedunsenen Popanz zerschmettern.

Meine Reflexe sind üblicherweise vorzüglich. Aber was in dieser Sekunde geschah, warf mich völlig aus dem Gleichgewicht. Ich prallte mit der vollen Wucht meines Sprunges gegen ein hartes, unnachgiebiges Hindernis: die Wand des Wohnraums. Ein mächtiger Schlag riß mich von den Beinen. Im Stürzen noch wirbelte ich herum.

Der Terraner stand noch da, wo ich ihn zuletzt gesehen hatte. Sein Blick war spöttisch, verächtlich. Ich verstand nichts mehr. Wenn er nicht von der Stelle gewichen war, wie hatte ich ihn dann verfehlen können? In sinnloser

Wut riß ich die Waffe hervor. Der Terraner lachte höhnisch. Der Impulsblaster entlud sich mit berstendem Knall. In der Wand gegenüber entstand ein qualmender Brandfleck. Eine dünne Bahn geschmolzenen Gußsteins rann von der Brandfläche herab. Der Terraner aber war verschwunden.

Noch einmal hörte ich seine Stimme.

„Du bist ein Narr, Ghebrokhte, wenn du glaubst, einem Herrn der Straßen etwas anhaben zu können. Hier ist mein Befehl: Finde dich in vierzig Standardstunden auf der Welt Monanghela im Raumsektor Unatha ein. Ich will dir alle Geheimnisse erläutern, die du so lange hast enträtseln wollen."

Danach war Stille. Benommen richtete ich mich vollends auf. Es dauerte eine Zeitlang, bis der logische Verstand da wieder einsetzte, wo eben erst die Verwirrung aufgehört hatte. Ich war genarrt worden. Der Herr der Straßen hatte sich nicht die Mühe gemacht, mir in Person gegenüberzutreten. Er hatte mir eine Projektion seiner selbst geschickt.

Ich gab der steuernden Wirkung der Bewußtseinsmodule Zeit, meinen Verstand wieder einigermaßen in Ordnung zu bringen. Ich durfte hier nicht bleiben. Ich mußte mich so rasch wie möglich absetzen. Phamaq war tot. Der Betreuer würde sich um ihn kümmern und ihn einäschern, wie es sich gehörte. Ich mußte zum Boot zurück. Ich öffnete die Tür und trat hinaus. Hinter mir tat es einen dumpfen Schlag, als das schwere Metallgebilde sich wieder schloß. Ich wollte mich in Richtung des Waldrands in Bewegung setzen, da sprach der Mikrokom an. Das Überwachungssystem des Bootes meldete sich.

„Fremde Bewegung in unmittelbarer Nähe", sagte die synthetisierte Stimme.

„Ich komme auf dich zu", antwortete ich. „Halte mich auf dem laufenden."

„Verstanden."

Ich beschloß, einen Bogen zu schlagen. Ich hielt mich nach rechts hin in den Wald hinein und gab mir Mühe, einen Pfad zu finden, auf dem nur niedere Gewächse standen, so daß ich ein Minimum an Geräusch verursachte. Seit der Begegnung mit Pedrass Foch, dem Herrn der Straßen, war mir klar, daß alle Flucht- und Ausweichmanöver, die ich während der vergangenen zwei Jahre vollzogen hatte, völlig umsonst gewesen waren. Die, die an der Macht waren, hatten zu jeder Sekunde gewußt, wo ich mich aufhielt. Ich fragte mich, wer es wohl sein mochte, der das Boot gefunden hatte. Pedrass Foch selbst war nicht körperlich in dieser Gegend, wahrscheinlich nicht einmal auf diesem Planeten anwesend. Er hatte mir eine Projektion geschickt. War der, der sich jetzt in der Nähe des Bootes aufhielt, von ihm beauftragt worden, mich am Start zu hindern? Ergab das einen Sinn, nachdem der Herr der Straßen mir doch eben erst den Befehl gegeben hatte, nach Monanghela zu fliegen?

Ich blieb stehen.

„Wo ist der Fremde?" fragte ich mit unterdrückter Stimme.

„Unmittelbar vor dem Schleusenschott", kam die Antwort. „Er hat versucht, das Schott zu öffnen; aber das ist ihm nicht gelungen."

Kein Wunder, dachte ich grimmig. Der Zugang zum Boot war dreifach gesichert.

„Mach irgendein Geräusch", befahl ich dem Überwachungssystem. „Gib Externalarm. Ich bin auf dem Weg zum Boot. Der Fremde darf mich nicht kommen hören."

„Sei vorsichtig", wurde ich gewarnt. „Er ist bewaffnet."

Noch in derselben Sekunde begann eine Sirene zu heulen. Ich zog die Waffe aus dem Halfter und vergewisserte mich, daß sie noch immer auf Impulsblast-Modus geschaltet war. Ich kam jetzt schneller voran, da der Lärm der Sirene alles übertönte, was ich an Geräusch verursachte. Zwei Minuten später sah ich das Boot vor mir liegen. Der Fremde hatte sich durch das Sirenengeheul nicht verscheuchen lassen. Er stand dicht vor der Wandung des Fahrzeugs und musterte interessiert die Kontrollmechanismen, die neben dem äußeren Schleusenschott angebracht waren.

Ich hatte die Hand mit der Waffe hinter dem Rücken verborgen. Der Fremde war in Wirklichkeit so fremd gar nicht. Er war Borrhuch. Ich erkannte ihn sofort. Ich trat an den Rand der Lichtung, die das Boot bei der Landung geschaffen hatte. Das Geheul der Sirene erlosch. Mein letzter Schritt verursachte ein weithin hörbares Knacksen. Borrhuch wirbelte herum. Er trug die Waffe, einen schweren Blaster, an der Seite. Er musterte mich mit höhnischem Blick.

„Ich wußte genau, daß ich angelogen wurde", sagte er. „Du kommst nicht aus Ghaghitan. Woher kommst du?"

„Das spielt jetzt keine Rolle", antwortete ich. „Phamaq ist tot. Du bist sein Betreuer. Geh hin und äschere ihn ein."

„Und du?"

„Ich gehe wieder dorthin zurück, woher ich gekommen bin."

„Das lasse ich nicht geschehen. Du bist ein Eindringling. Ich muß dich festnehmen und Meldung erstatten."

„Wem? Es gibt keinen Hyperfunk auf Pachtuq."

Er zögerte. Ich schritt auf ihn zu. Mein Verstand funktionierte einwandfrei. Der Schock war überwunden. Aber in meinem Innern war noch immer der Zorn, ein kalter, berechnender Zorn. Ich haßte und verachtete Borrhuch für all das, was er Phamaq angetan hatte. Er mochte sich in acht nehmen. Ich hatte nicht die Absicht, viel Zeit an ihn zu verschwenden.

„Bleib mir vom Leib!" schrie er mich an. „Komm mir nicht zu nahe. Ich muß dich festnehmen. Bleib stehen! Es macht mir nichts aus . . ."

Er griff nach der Waffe. Ich ließ die Hand hinter dem Rücken hervorschnellen und drückte ab. Das fauchende Knallen des Impulsblasters hallte weithin durch den Wald. Ein greller, fingerdicker Strahl gebündelter Energie stand zwischen Borrhuch und mir.

Plötzlich war Borrhuch in Flammen gehüllt. Er sank in die Knie und fiel vornüber.

Jetzt würde sich jemand anders um Phamaqs Einäscherung kümmern müssen.

10.

Ich erreichte die CHAKTOP-U-MUKHIN ohne Zwischenfall. Als ich mich 200 Kilometer über Pachtuq befand, hatte ich einen Rundspruch ausgestrahlt, der besagte, daß sowohl Phamaq als auch sein Betreuer Borrhuch den Tod gefunden hätten. Ich bat darum, daß man sich um beide in der herkömmlichen cantarischen Weise kümmere.

Mehr konnte ich nicht tun. Ich flog durch die Korona in die Chromosphäre der Sonne Khochad und traf die CHAKTOP-U-MUKHIN am zuvor errechneten Punkt. Ich schaltete Strukturlücken in die Feldschirme meines Schiffes und schleuste das Boot ein. Dann eilte ich in den Kommandoraum.

„Willkommen an Bord“, meldete sich der Syntron. „Wie war dein Aufenthalt auf Pachtuq?“

Ich ging auf seine Worte nicht ein.

„Such nach den Koordinaten einer Welt namens Monanghela im Sektor Unatha“, befahl ich ihm.

„Ich habe sie“, antwortete der Syntron nach wenigen Sekunden.

„Entfernung?“

„Dreiundzwanzigtausend Lichtjahre.“

Ich überlegte. Ich brauchte Zeit zum Nachdenken, ob ich Pedrass Fochs Befehl befolgen sollte oder nicht.

„Hör zu", sagte ich.

„Ich höre."

„Setz Kurs auf Monanghela. Beschleunige, bis wir die Hälfte der Lichtgeschwindigkeit erreicht haben. Dann laß das Schiff treiben, bis ich meine Entscheidung getroffen habe."

„Ich habe verstanden. Die Anweisungen sind an den Autopiloten weitergegeben worden."

Ich begab mich zu meiner Unterkunft. Ich bettete mich auf das Lager und starrte zur Decke hinauf. Das Schiff hatte die vorgeschriebene Geschwindigkeit binnen weniger Minuten erreicht. Es war absolut still ringsum. Ich hatte Zeit, meinen Gedanken nachzuhängen.

Warum erinnerte Pedrass Foch mich an die Mitglieder der Projektleitung? Weil er ebenso von humanoider Gestalt und eindeutig kein Cantaro war. *Die Herren der Straßen sind keine Cantaro,* hallte es in meinen Gedanken. *Wir haben uns einer fremden Spezies unterworfen.* Aber das waren Überlegungen, die zu nichts führten. Ich war von Sampson geflohen, weil ich sicher war, daß ich nach Josanghatt und Tichtona als nächster umgebracht werden würde. Zwei Jahre lang hatte ich meine Flucht und meine Ausweichmanöver für erfolgreich gehalten. Heute war mir klargeworden, daß zumindest einer der Herren der Straßen – Pedrass Foch – die ganze Zeit über gewußt hatte, wo ich mich aufhielt. Also stand ich nicht auf der Totenliste; denn sonst wäre ich längst beseitigt worden.

Es hatte keinen Sinn, weiter zu fliehen. Die Herren der Straßen verloren meine Spur nicht. Meine Wißbegier regte sich. Pedrass Foch hatte mir zugesagt, er wolle mir alle Geheimnisse offenbaren, die ich seit Jahren hatte enthüllen wollen. Warum machte er ein solches Angebot? Warum sollte ausgerechnet ich alles erfahren, wonach

Tichtona und Josanghatt nur um den Preis ihres Lebens hatten forschen dürfen? War mir in der neuen Hierarchie ein besonderer Posten zugedacht?

Wie gesagt: Ich leide nicht an übertriebener Bescheidenheit. Es fiel mir leicht zu glauben, daß mir die Herren der Straßen eine besondere Rolle zugedacht hatten. Diese Überlegung gab mir neue Zuversicht. Sie stimmte mich unternehmungslustig.

„Servo!“ rief ich.

„Hier“, kam die Antwort.

Das mattleuchtende Energiegebilde des Servomechanismus war wie aus dem Nichts entstanden und schwebte unter der Decke über meinem Lager.

„Es wird weiter beschleunigt“, sagte ich. „Wir fliegen nach Monanghela. Drei Hyperflugphasen mit dazwischenliegenden Orientierungsmanövern. In dreißig Stunden müssen wir am Ziel sein.“

„Verstanden und weitergeleitet“, antwortete der Servo.

Unter mir lag Monanghela – ein Planet, der aus der Metawelt geboren schien. Die CHAKTOP-U-MUKHIN bewegte sich im Orbit, 450 Kilometer über kalten Wüstenflächen. Die durchschnittliche Temperatur an der Oberfläche des Planeten betrug -50 Grad auf der Tag- und -85 Grad auf der Nachtseite. Weißer, glitzernder Sand bedeckte den gesamten Planeten. Die Atmosphäre war dünn, aber sauerstoffreich. Die Luftfeuchtigkeit lag zwischen 0,8 und 2,3 Prozent. Auf Monanghela gab es keine Niederschläge. Hier und dort waren Oasen in den Sand eingebettet: kleine Seen, meist kreisförmig, mit einem Maximaldurchmesser von 800 Metern, bis auf den Grund hinab gefroren.

Von den vierzig Stunden, die der Herr der Straßen mir genannt hatte, blieben noch vier. Ich erwartete, daß ich irgendeine Art Signal bekommen würde, wenn Pedrass

Foch bereit war, mit mir zu sprechen. Wo ich ihn zu suchen hatte, war mir klar. Die Oberfläche des Planeten war so trostlos eintönig, daß die Taster schon beim ersten Scan das würfelförmige Gebäude erfaßt hatten, das in Äquatorhöhe am Ufer eines der gefrorenen Seen stand. Der Würfel war das einzige Anzeichen, daß ein intelligentes Wesen jemals den Fuß auf die Oberfläche dieser abscheulichen Welt gesetzt hatte. Ich fragte mich, ob das Gebäude schon die ganze Zeit über hier gestanden hatte oder ob es von Pedrass Foch eigens für unser Zusammentreffen errichtet worden war.

Ich hatte meine Vorbereitungen getroffen. Nach gründlicher Überlegung war ich nicht mehr so sicher, daß mir von dem Herrn der Straßen keine Gefahr drohte. Meine Idee, daß die Herren mir eine besondere Rolle zugedacht hätten, erschien mir nachträglich als naiv. Es mochte sich wirklich so verhalten; aber sicher war ich meiner Sache nicht.

Die Montur, die ich bei meinem Besuch auf Monanghela tragen würde, war mit einem leistungsfähigen Sendegerät in mikrominiaturisierter Bauweise ausgestattet. Der Sender übertrug Audio und Video. Ich hatte vor, mit dem kleineren der beiden Beiboote auf der kalten Wüstenwelt zu landen. Im Boot war ein Transceiver installiert, der die Signale meines Mikrosenders empfangen und an die CHAKTOP-U-MUKHIN weiterleiten würde. Ich wollte jede Phase der Begegnung mit Pedrass Foch genau aufzeichnen. Denn hier erlebte ich wirklich das ultimate Abenteuer meines bisherigen Lebens: das Zusammentreffen mit einem Herrn der Straßen und die Aufklärung aller Geheimnisse, die mich in den vergangenen Jahren bis in meine Träume hinein beschäftigt hatten. Was wäre mein Tagebuch wert, wenn ihm diese Daten nicht einverleibt würden?

Es mochte sein, daß ich Monanghela nicht mehr verlassen würde. Es bestand die Möglichkeit, daß mir von

Pedrass Foch dasselbe Schicksal zugedacht war, das Tichtona und Josanghatt bereits erlitten hatten. Mein Tagebuch sollte dennoch vollständig sein. Deswegen hatte ich folgende Anordnung getroffen: Sobald mir etwas zustieß oder ich, aus welchem Grund auch immer, das Kodewort „Pucht“ aussprach, würde das Boot der CHAKTOP-U-MUKHIN ein Signal zusenden, woraufhin das Schiff sofort zu beschleunigen und auf dem schnellsten Weg im Hyperraum unterzutauchen hatte. Auf diese Weise wäre die Aufzeichnung komplett, und es erhöbe sich dann nur noch die Frage, ob die CHAKTOP-U-MUKHIN irgendwann einmal gefunden würde. Mein Tagebuch besäße wenig Sinn, wenn sich nicht eines Tages jemand fände, der es läse. Auf jeden Fall aber nahm ich auf diese Weise dem Herrn der Straße die Möglichkeit, mein Raumschiff und damit meine Aufzeichnungen zu vernichten. Der Autopilot war gehalten, 18 000 Lichtjahre weit auf einem Kurs zu fliegen, der nördlich am galaktischen Zentrum vorbeizielte, und die CHAKTOP-U-MUKHIN sodann mit 25 Prozent der Lichtgeschwindigkeit treiben zu lassen. Das Zielgebiet war eine an Sternen und besiedelten Welten reiche Gegend, wie ich wußte. Dort hatte das Schiff noch am ehesten eine Chance, von jemand gefunden zu werden.

Nachdem ich mich solchermaßen vorbereitet hatte, blieb mir nichts weiter übrig, als zu warten. Die vierzig Stunden, die Pedrass Foch angesetzt hatte, waren eben verstrichen, als der Empfänger ansprach. Ich hörte die Stimme, die ich mittlerweile unter Hunderttausenden herausgekannt hätte. Sie verschwendete keine Worte. Der Befehl des Herrn der Straßen lautete kurz und bündig:

„Komm herunter!“

Anmerkung des Übersetzers: Ghebrokhte hat den Flug des Bootes zur Oberfläche des Planeten Monanghela hinab in der Art eines Berichterstatters kommentiert. Sein Kommentar bricht in dem Augenblick ab, in dem die Tür des würfelförmigen Gebäudes sich vor ihm öffnet. Von da an enthalten seine Aufzeichnungen nur noch die tatsächlich gesprochenen Worte des Dialogs sowie das dazugehörige Video. Der Übersetzer hat sich aus dramaturgischen Gründen die Freiheit genommen, das gesamte Geschehen in Erzählform umzusetzen.

Der Flug zur Planetenoberfläche verlief ereignislos. Das Innere des Bootes war klimatisiert; aber ich begann trotzdem zu frieren, als ich in die eisigkalte Atmosphäre eindrang. Der Autopilot kannte die Koordinaten des Gebäudes. Ich konnte ihm die Steuerung des Fahrzeugs getrost überlassen. Ich testete die Funkverbindung mit der CHAKTOP-U-MUKHIN und fand sie zufriedenstellend.

Das Boot landete einhundert Meter von dem Würfel entfernt. Das Licht der fremden Sonne brach sich gleißend in der vereisten Oberfläche des kleinen Sees. Über mir wölbte sich wolkenloser, tiefblauer Himmel. Ich hatte den Helm meiner Montur geschlossen. Der Sand war nachgiebig, ohne die geringste Spur von Feuchtigkeit. Ich sank bis zu den oberen Fußgelenken ein und hielt es schließlich für ratsam, den Antigrav zu aktivieren. Dicht über der glitzernden Sandfläche glitt ich auf das Gebäude zu. Ich umflog es einmal und stellte fest, daß es nur einen Eingang gab. Vor diesem setzte ich ab.

Die schwere Metalltür öffnete sich selbsttätig. Ich gelangte in eine kleine Schleusenkammer. Über die Außenmikrophone hörte ich, wie Luft einströmte. Die Anzeigen der Montur ließen mich erkennen, daß Druck und Temperatur gleichzeitig erhöht wurden. Ich öffnete den Helm. Die Luft war gut atembar. Die geringe

Gravitation des Planeten wurde durch den Antigrav kompensiert.

Ich hörte eine Stimme:

„Komm herein!"

Ich stutzte. Das war nicht Pedrass Foch, der da zu mir sprach. Diese Stimme kannte ich auch; aber ich konnte mich im Augenblick nicht erinnern, wem sie gehörte. Ich trat auf die innere Tür zu. Sie glitt beiseite. Der Raum, den ich betrat, war völlig kahl. In der Decke strahlte eine Lumineszenz-Platte mit schier unerträglicher Helligkeit. Ich schloß geblendet die Augen und als ich sie wieder öffnete, da stand vor mir . . .

Carol Shmitt!

Der Name entfuhr mir unwillkürlich.

„Ja, ich bin Carol Shmitt", antwortete er in seiner üblichen gütigen Art. „Du hast mich hier nicht zu sehen erwartet?"

„Nein", brachte ich mühsam hervor.

In diesem Augenblick erlosch die Deckenbeleuchtung. Sekunden später flammte sie wieder auf.

„Wello Banir!" stieß ich hervor.

„Derselbe", antwortete er.

„Ich habe dich lange nicht mehr gesehen, Ghebrokhte."

Abermals wurde es dunkel. Der Raum besaß keine Fenster. Wenn die Leuchtplatte erlosch, war es hier so finster wie im Innern eines Berges. Dann kehrte die Helligkeit zurück. Ich war so verwirrt, daß ich nur noch stammeln konnte.

„Ager . . . Catomen . . ."

So ging es ein ums andere Mal. Sie waren alle hier: Simedon Myrrho, Endehar Roff, Remin Killian, Farlon Stretter, Dorian Waiken. Als die Deckenbeleuchtung sich nach Dorian Waikens Auftritt abschaltete, blieb es etliche Sekunden länger dunkel als bisher. Dann ertönte die Stimme, die ich von Anfang an zu hören erwartet hatte: die Stimme des Herrn der Straßen.

„Hast du sie alle wiedererkannt?"

Das Licht flammte auf. Vor mir stand Pedrass Foch.

„Ich habe ... sie alle erkannt", brachte ich mühsam hervor.

Der Schock war so intensiv, daß die bewußtseinsstabilisierenden Mikromodule mir kaum noch zu helfen vermochten. Es gab nur diesen einen Raum hier, nur diese eine Tür, von der ich mich kaum einen Schritt entfernt hatte. Wo waren alle die, die ich in den letzten Minuten gesehen hatte? Gab es hier irgendwo einen Transmitter?

„Es wird Zeit, daß man dir Einsicht vermittelt", sagte Pedrass Foch. „Wen hast du hier gesehen, Ghebrokhte?"

„Die ... die Mitglieder der Projektleitung", antwortete ich.

„Nein. Du hast die Herren der Straßen gesehen."

„Die Herren ..."

„Es kommt noch schlimmer, Ghebrokhte. Du müßtest eigentlich selbst darauf kommen; aber wahrscheinlich haben die unerwarteten Begegnungen dich so verwirrt, daß dein Verstand trotz syntronischer Stützung nicht mehr richtig funktioniert. Ich will nicht sagen, daß es auf dieser Welt keinen Transmitter gibt. Es gibt einen; aber er steht einen halben Kilometer von hier entfernt in einer Senke zwischen zwei hohen Dünen. Wohin sollen die Projektleiter gegangen sein? Woher kamen sie?"

Ich wußte die Antwort nicht; aber mir kam eine entsetzliche Ahnung.

„Du ...?"

„Du rätst richtig, Ghebrokhte. Es gibt keine Projektleitung, sondern nur die Herren der Straßen. Es gibt auch keine *Herren* der Straßen, sondern nur *einen* Herrn. *Ich* bin der Herr der Straßen. Simedon Myrrho, Carol Shmitt, Wello Banir, und wie sie alle heißen mögen, sind weiter nichts als Manifestationen meiner selbst."

Der Mikromed hatte mir ein starkes Sedativ verabreicht. Ich war seelisch wieder stabil; allerdings funktionierte mein Verstand nicht mehr mit der gewohnten Reaktionsschnelligkeit.

„Wer bist du?“ fragte ich. „Woher kommst du? Bist du ein Terraner?“

„Ich bin kein Terraner. Aber für meine Pläne ist es von Vorteil, das Aussehen eines Terraners zu besitzen.“

„Du meinst, auch dieses ist nicht deine wirkliche Gestalt?“

„Doch, sie ist es.“

„Darf ich dich anfassen?“

Das schien ihn zu erheitern. Er riß den Mund auf und brachte eine Reihe von Lauten hervor, die wie „ha-ha-ha“ klangen. Dann trat er auf mich zu und streckte den linken Arm vor. Ich faßte ihn an. Er war materiell. Diesmal hatte ich es nicht mit einer Projektion zu tun.

„Woher ich komme, fragst du“, fuhr er fort, nachdem ich seinen Arm logelassen hatte. „Ich könnte es dir sagen; aber du wüßtest mit meiner Anwort nichts anzufangen. Du kennst die Welt nicht, auf der ich entstanden bin.

Wer ich bin, willst du wissen. Das ist einfach. Ich bin der Herrscher der Milchstraße.“

Der träge Verstand versuchte, seine Gedanken zu sortieren. Schließlich materialisierte die Frage, die sich zwingend aus Pedrass Fochs überheblicher Behauptung ergab:

„Wie ist es dir gelungen, die Cantaro für deine Absichten zu gewinnen?“

„Gewinnen?“ spottete er. „Gezwungen habe ich sie. Mir stehen einige Hilfsmittel zur Verfügung, von denen sich eure Technik noch nichts träumen läßt. Ich habe die Tätigkeit eurer Flotte von dem Augenblick an verfolgt, als ihr in der Milchstraße auftauchtet. Ich beschaffte mir Informationen über eure Organisation. Ich sah hinter eurer Flotte her, als sie im Innern Amagortas verschwand. Ich wartete. Zwanzig Jahre später kam die Flotte wieder zum Vorschein. Das Flottenkommando traf sich zu einer Besprechung auf einer Welt, die mir bestens bekannt war. Da schlug ich zu. Alle Flottenkommandeure, bis auf einen, wurden entfernt . . .“

„Thonkarr“, sagte ich.

„Richtig: Thonkarr. Ich hatte ihn schon vor dem Flug nach Amagorta kennengelernt und ihn überzeugt, daß mir das Recht zustünde, Beherrscher der Milchstraße zu sein. Meine einzigen Hilfskräfte beim Überfall auf die Konferenz des Flottenkommandos waren Roboter. Den Flottenkommandeuren – auch Thonkarr, denn ich konnte seiner Loyalität nicht auf unabsehbare Zeit sicher sein – wurden Mikromodule eingesetzt, die ich über große Entfernungen hinweg per Hyperfunkimpuls zur Explosion bringen konnte. Danach gab es keinen Widerstand mehr. Das Flottenkommando löste sich freiwillig auf, und das Supremkommando entstand – zusammengesetzt aus Cantaro, die Thonkarr eigenhändig auswählte. Auch sie erhielten die Explosionsmodule. Du kannst dir vorstellen, daß das Supremkommando willig jeden meiner Befehle befolgte.“

Ja, das konnte ich wohl. Irgend etwas wühlte in mir, unmittelbar an der Grenze zwischen Bewußtsein und Unterbewußtem. Ich suchte nach einer Erinnerung, und schließlich kam sie an die Oberfläche.

„Galbraith Deighton, der Terraner“, sagte ich. „Ich überraschte zwei Spezialroboter dabei, wie sie sich an ihm zu schaffen machten. War das . . .“

„Es geschah auf meinen Befehl“, bestätigte er. „Galbraith Deighton war damals ein wichtiger Mann. Er leitete die Kosmische Hanse. Er hatte seinen Zellaktivator verloren – geraubt wurde er ihm, glaube ich – und sah kurzfristig dem Tod entgegen. Ich ordnete an, daß er gerettet würde. Nachdem ihr fabelhafte Arbeit geleistet und ihn in einen Droiden verwandelt hattet, gab ich

Befehl, daß auch ihm das Explosionsmodul eingesetzt werden müsse. Das war die Tätigkeit, bei der du die beiden Roboter überrascht hast."

„Der kleine Transmitterraum in meiner Wohnung auf Sampson", sagte ich, „der manchmal vorhanden, dann wieder nicht vorhanden war. Der Raum, in dem Pucht explodierte, ohne daß jemand die Explosion gehört hätte. Kannst du mir das alles erklären?"

Er machte eine abwehrende Geste.

„Versuche nicht, die Technik der Herren der Straßen zu verstehen", antwortete er. „Es brächte dir nichts. Wir beherrschen Raum-Zeit-Verfaltungen in Theorie und Praxis. Es ist erstaunlich und beeindruckend, was sich mit Raum-Zeit-Falten alles erreichen läßt. Die kleine Transmitterkammer war ein eigener Mikrokosmos, der existierte, wenn ich ihn einschaltete, und wieder verschwand, wenn ich ihn desaktivierte. Ähnlich verhielt es sich mit dem Raum, in dem Pucht zu Tode kam."

„Du hast ihn getötet!"

„Selbstverständlich. Allein zu diesem Zweck war er aus der Retorte gezogen worden. Er war ein Versuchsobjekt."

„Sein Genmuster war nachträglich manipuliert worden. Ich meine, über die Manipulation hinaus, die Tichtona und ich vorgenommen hatten."

„Das ist richtig. Ich brauche die Cantaro, um die Herrschaft über die Milchstraße zu erlangen. Ich kann aber nur solche Cantaro brauchen, die mir bedingungslos ergeben sind, die keine Fragen stellen, keine sogenannten moralischen Bedenken entwickeln. Ich kann nicht herumgehen und jedem Cantaro deiner Generation ein Explosionsmodul in den Leib pflanzen. Ich muß eine neue Cantaro-Generation züchten, die einen organischen, vererbbaren Detonationsmechanismus im Körper trägt. Deswegen ist es wichtig, daß die Cantaro deiner Generation aus dem Verkehr gezogen und durch Angehörige der neuen Generation ersetzt werden. Erst wenn der letzte Cantaro den Mechanismus im Leib hat, kann ich meiner Sache sicher sein."

„Die Cantaro – auch die der neuen Generation – werden über die ganze Milchstraße verteilt sein", wandte ich ein. „Wie willst du den Detonationsmechanismus aktivieren?"

„Oh, mach dir deswegen keine Sorgen", wehrte er ab. „Ich bin im Begriff, ein aus mehreren Dutzend Millionen Satelliten bestehendes Kontrollfunknetz einzurichten, über das ich die Impulse ausstrahlen kann, durch die der Detonator aktiviert wird – gleichgültig, wo der zu Bestrafende sich befindet. Das Kontrollfunknetz wird von einem zentralen Computersystem gesteuert, das jeden einzelnen Cantaro kennt. Die Detonationsimpulse werden individuell adressiert, damit nicht etwa Unschuldige zu Schaden kommen."

„Der Detonator ist der Fortsatz, der an der fünften Herzkammer hängt?" fragte ich.

„Jawohl. Tichtona kam mir auf die Spur. Deswegen mußte sie sterben."

„Und Josanghatt . . ."

„Konnte seine Neugierde nicht zügeln und fand das Gerät, mit dem ich Puchts Aufzuchtraum in einen Mikrokosmos verwandelte."

„Was ist aus Rekhrioch und Fimbraich geworden?"

„Es gibt sie nicht mehr."

„Die Cantaro haben von den Archäonten, *den wahren Herren der Straßen,* den Auftrag erhalten, die Wälle zu errichten, die die Milchstraße abschirmen, und sie wieder aufzulösen, sobald die Gefahr der Blitzer gebannt ist. Wirst du dich an diese Abmachung halten?"

„Ich denke nicht daran", sagte er hämisch. „Was Besseres könnte mir geschehen, als daß ich mein Reich ohne jede äußere Einmischung errichten kann?"

„Aber die Cantraro erinnern sich an den Auftrag, den sie von den Archäonten bekommen haben!“

„Da läßt sich Abhilfe schaffen. Nur Urerinnerungen sind vererblich. Die neue Generation weiß von den Archäonten nur noch dadurch, daß sie hin und wieder mit Mitgliedern der älteren Generation in Kontakt kommt. Gib mir noch ein paar Generationen, und kein Cantaro wird auch nur den Begriff Archäonten noch kennen, geschweige denn sich an den Auftrag erinnern.“

„Du hast vor, weitere Generationen von Klonen zu züchten?“ fragte ich erschreckt.

„Was dachtest du? Die neue Generation ist noch längst nicht vollkommen. Die gentechnische Arbeit geht weiter. Mit den Genen der neuen Generation wird ebenso verfahren wie mit den Genen der alten. In fünf Jahren, schätze ich, ist es an der Zeit, die zweite Generation abzuschieben und durch die dritte zu ersetzen. So geht es weiter, bis ich schließlich das Produkt habe, das ich brauche. Die genetische Manipulation wird durch syntronische Modulisierung ergänzt. Wenn du dich in hundert Jahren umsiehst, findest du nur noch Cantaro, die halb Computer halb organische Wesen sind – Droiden, wie man sie nennt. Und vor allen Dingen werden sie mir bedingungslos ergeben sein. Nimm dazu noch ein Dutzend gentechnisch präparierte Hilfsvölker, und meinem Siegesmarsch steht nichts mehr im Wege.“

Ich begann zu schwitzen. Er machte mir angst. Wie konnte der gute Geist der Klarheit es zulassen, daß ein Monstrum wie Pedrass Foch unter den Lebenden weilte? Warum erschlug er das Ungeheuer nicht, bevor es unsagbares Leid über Billionen und aber Billionen unschuldiger Wesen bringen konnte.

Ich zwang mich zur Ruhe. Das Sedativum wirkte noch.

„Es gibt zahlreiche Forschungsstätten wie die auf Sampson“, sagte ich. „Informationen durften jedoch nicht ausgetauscht werden. Ich weiß, daß an anderen Orten die

Klonproduktion wesentlich früher angelaufen ist als auf Sampson."

„Natürlich weißt du das." Er machte die terranische Geste des Nickens. „Du warst auf Pachtuq. Du hast mit Phamaq gesprochen und die Betreuer gesehen."

„Warum unterbandest du den Informationsaustausch?"

„In einer Vielfalt liegt die Würze", antwortete er höhnisch. „Wenn ich euch miteinander hätte kommunizieren lassen, dann wären an allen Brutstätten dieselben Klone entstanden. So aber mußte jeder seine eigenen Ideen entwickeln. Die Klone, die jetzt auf Sampson gezüchtet werden, unterscheiden sich von denen, die auf Euhja entstehen, und diese wiederum von den Zuchtprodukten von Aggres. Die zweite Generation wird jetzt in den Einsatz geschickt. Aus dem Klon-Typ, der sich am besten bewährt, wird die dritte Generation gezüchtet werden."

Ich schwieg. Eine Minute verstrich.

„Hast du sonst noch Fragen?" wollte er wissen.

„Nur eine noch. Tichtona und Josanghatt mußten sterben, weil sie deine Machenschaften zu durchschauen begannen. Bin ich etwas Besonderes? Warum hast du mir alle Geheimnisse enthüllt, um die meine Kharima und Josanghatt sich nicht kümmern durften?"

„Ich bin ein merkwürdiges Geschöpf", antwortete er, und blanker Hohn klang aus seiner Stimme. „Ich wollte sehen, wie du reagierst, wenn du all die Informationen erhältst, nach denen du so viele Jahre vergebens gesucht hast.

O ja, und eines noch. Ich weiß selbstverständlich, daß du diese Unterhaltung per Mikrokom an dein Boot überträgst und daß das Boot die Aufzeichnung an dein Raumschiff weiterleitet. Aber glaube mir: Die CHAKTOP-U-MUKHIN wird dich nur um höchstens eine Stunde überleben."

„Du hast mich hierherkommen lassen, um mich zu töten?“

„Hattest du es dir etwa anders vorgestellt? Um deine Frage zu beantworten: Nein, du bist nichts Besonderes. Höchstens insofern, als mir die Beseitigung Ghebrokhtes weitaus mehr Vergnügen bereitet als die Liquidierung Tichtonas und Josanghatts. Die mußte ich nämlich per Fernsteuerung vornehmen.“

„Pucht . . .!“

EPILOG

An dieser Stelle endet Ghebrokhtes Tagebuch. Es findet sich nur noch ein einziger weiterer Eintrag darin, dieser offenbar vom Bordsyntron vorgenommen.

„Ich habe seit zehn Standardjahren keine Anweisung mehr erhalten. Ich desaktiviere daher das Schiff einschließlich meiner selbst.“

Es besteht kaum ein Zweifel daran, daß Ghebrokhte auf Monanghela von Pedrass Foch getötet wurde. Fochs Plan, die CHAKTOP-U-MUKHIN mitsamt der von Ghebrokhte angefertigten Aufzeichnung zu vernichten, schlug fehl. Als Foch über die Transmitterstrecke zu seinem in der Nähe von Monanghela unter perfektem Ortungsschutz geparkten Raumschiff zurückkehrte und zum Angriff auf das cantarische Schiff ansetzte, war die CHAKTOP-U-MUKHIN auf Fahrt gegangen und verschwand im Hyperraum, bevor Foch bis auf Schußweite herankam.

Dies ergibt sich aus den Aufzeichnungen des Orters an Bord des cantarischen Schiffes.

Eine Merkwürdigkeit bleibt zu erwähnen. Nachdem Ghebrokhtes Tagebuch gefunden und übersetzt worden war, schickte das Flottenkommando Terra eine Expedition nach Monanghela. Das würfelförmige Gebäude, von dem Ghebrokhte berichtete, wurde ebensowenig gefunden wie der Transmitter, den Pedrass Foch angeblich zwischen zwei Dünen installiert hatte. Auch von Ghebrokhte selbst war keine Spur zu entdecken, obwohl die absolut antiseptische Umgebung der Wüstenwelt seine Leiche eigentlich bis in alle Ewigkeit hätte konservieren müssen.

Nachtrag: Es wird den Leser interessieren zu erfahren, daß Pedrass Fochs barbarischer Tyrannenherrschaft durch die gemeinsamen Bemühungen Perry Rhodans, der Organisation der Freihändler und der Widerstandsgruppe WIDDER eine Ende bereitet wurde. Bei der entscheidenden Auseinandersetzung fand Pedrass Foch den Tod.

ENDE